ラスボス手前のイナリ荘
～最強大家さん付いて〼～
イナリ荘
JN209911
猿渡かざみ
Kazami Sawatari
イラスト カット
Illustration Cut
UG novels

テンコ
前大家。好物はイナリご飯。
イナリ荘の秘密を知る人物。

オルゴ
主人公。
神話級を超える実力の持ち主。
テンコにそそのかされ
イナリ荘の大家に。
シェスカ
203号室に住む
魔法使いの学生。
超低血圧で、あだ名は
「午後の魔法使い」
ルシル
102号室に
住むことになった
竜人の戦士。
伝説級を目指すエリート。

おらおら！！
このでかい胸で
おーやどのを
ゆーわくしたのかー？

UG novels

ラスボス手前のイナリ荘

～最強大家さん付いて〼～

猿渡かざみ

Kazami Sawatari

［イラスト］

カット

Illustration Cut

三交社

ラスボス手前のイナリ荘 ～最強大家さん付いて〼～

[目次]

第1話「公務員になりたかった」003
第2話「大家さん式スパルタ試験対策」013
第3話「大家さん生活の幕開け」028
第4話「ようこそイナリ荘へ！」037
第5話「新たな住人」046
第6話「厄竜パンデア」060
第7話「最強大家さん降臨」070
第8話「帰ってきた前大家さん」081
第9話「終止符級」086
第10話「大家さんの一日」093
第11話「午後の魔法使い」104
第12話「この世ならざる者」116
第13話「四百万の大妖怪、幽狸」127
第14話「彼女が笑うと」140
第15話「妖怪問答」150
第16話「帰路へ」159
第17話「伝説級の一日」167
第18話「明るい将来計画」177
第19話「私の帰る場所」186
第20話「自分の人生」195
第21話「亡国の鵺」204
第22話「白昼夢」208
第23話「神話級」218
第24話「騎士」226
第25話「ワンちゃん」235
第26話「少しだけ本気出す」246
第27話「馬に蹴られて死んじまえ」253
第28話「辞表」260
第29話「私たちの帰る場所」266
あとがき 275

第1話「公務員になりたかった」

英雄になどなりたくない、公務員になりたかった。

とりわけ頭脳労働、デスクワークが良い、今なら冒険者ギルドの経理などが狙い目である。

年功序列、定時退社、完全週休二日制……ああ、なんと甘美な響きだろうか。

間違ってもモンスターや他の冒険者たち相手にドンパチを繰り広げたりすることはない。

安定しない給金に一喜一憂することも、まして理不尽な残業にプライベート・タイムを搾取されることも、もちろん書類上にのみ存在する架空の休日に踊らされる心配もない。

翻って親父のことを思い出す。親父は村で一番の兵《つわもの》だった。

ついた等級は最下等級の空白級《ブランク》より一つ上の語り草級《トピック》、あんな片田舎では空白級《ブランク》でないというだけでも重宝される。

しかし、それゆえ冗談みたいに働かされた。

隣村にオウルベアが出たとなれば、仕事仲間《パーティ》と飛んでゆき、裏山でゴブリンが目撃されたとなれば、日も暮れるまで山狩りだ。むろん定時なんてものは存在しない。

何日も泊りがけで家を空けることだってそう珍しくはなく。加えて、大変でキツイ仕事にも拘わらず収入は不安定ときてる。

俺は幼心に思った。親父は確かに腕っぷしは強いのかもしれないが、救いようのない馬鹿である、と。

称えられているのではない。持ち上げられていいように使われているだけだ。

せっかく誰もが羨む力を手に入れたのに、誰よりも不幸になっては本末転倒である。

だから俺は決めたのだ、なにがなんでも公務員になると。

年功序列に定時退社、完全週休二日制。

仕事に身を捧げる？　冗談はよしてくれ、仕事は仕事、俺の身体は俺のものだ。

仕事はほどほどに、休日は趣味の料理とガーデニングを楽しみつつ、季節の花を眺めながら、自家製のハーブティーでもたしなむような日常――それが俺の望むスローライフだ。

そのためにも、俺が目指すべき等級は奇しくも親父と同じ――

「――語り草《トピック》級ゥ？　貴方、ちょっと意識が低すぎませんこと？」

彼女は俺の話を聞き終えるなり、なんだか侮蔑するように言った。

彼女の名前はミレイア・クリュオール、というらしい。

端正な顔立ちに白い肌、そして丁寧に編み込んで後ろにまとめられた金髪、傍らには美術品と見紛う程に美しい白銀の槍と白銀の盾が。

十中八九、いいとこ出のお嬢様だろう。

「仮にも今後の就活を左右する大事な試験ですのよ、イマイチパッとしない庶民の貴方でも、御伽噺《フェアリーテイル》級ぐらいの夢は持っても罰は当たらないと思いますけど」

そう言って彼女はこちらを嘲笑ってくる。

言い忘れたが、ここはベルンハルト勇者大学等級認定試験控え室。

俺が一人椅子に座って深呼吸をしながら試験前の緊張をほぐしていると、突然彼女が話しかけてきたのだ。

「あら、見ない顔ですわね、ここで一緒になったのも何かの縁、一つ試験に向けての意気込みを聞かせてくれないかしら」

それで言う通り話した結果がさっきの反応である。

どうやら彼女、腕に相当な自信があるようで見事に浮き足立っている。

きっと俺がなんと答えようが「オホホホ」と笑いながらイヤミの一つや二つ言うつもりだったのだろう。

大事な試験の前に、面倒なのに絡まれてしまったな……

「私はもちろん伝説級《レジェンド》を目指しますわ！　せっかくこのベルンハルト勇者大学に入学したのですもの！」

「……それはすごいな」

もちろん、本心ではない。

もしも何かの間違いで伝説級《レジェンド》になんてなってみろ、語り草級《トピック》なんかとは比べ物にもならないほどの激務だ。

やれドラゴンを討伐してこいだの、やれミスリルを採取してこいだの。

ああ、考えただけでも恐ろしい……

「私はこの日のために努力しましたの！　御伽噺級《フェアリーテイル》の冒険者パーティへ一時的《インターン》に加入させていただきましたし、グランテシアの外に出て恵まれない子供たちを救う貴重な体験もさせていただきました！」

「……子供たちを救った？　具体的には？」

「一流パティシエに作らせた絶品スイーツをプレゼントいたしましたわ！」

……なんかドストレートに間違った救い方をしてないか？

「とにかく、これで私に足りないのは等級のみ！　ここで良い等級さえ手に入れれば私の就活は安泰ですの！」

そう言って、ミレイアは目をキラキラさせる。

それは自分が良い等級を手に入れると信じて疑わない目だ。

「──次、ミレイア・クリュオール、オルゴ・ノクテル、入場してください」

部屋の外から試験官の声が聞こえた。

……いよいよか。

「あら、そういえば尋ね忘れていました、あなたオルゴと言うんですか、ふふっ、いかにも田舎っぽい名前ですわね、まぁ精々良い等級が手に入れられますよう願っております」

「お気遣いどうも」

相手にするのも面倒なので適当にあしらった。

さあ、いよいよ待ちに待った等級認定試験だ。

焦ることはない、俺はこの大学へ入学してからの二年間、あれだけ努力したじゃないか──

俺とミレイアが試験官に導かれるがまま進んでいくと、大学敷地内にあるだだっ広い野原に案内された。

そこには数人の試験官が控えており、野原のど真ん中には小さな箱のようなものがぽつんと一つ。

話に聞いていた通りだ。

「では、これより等級認定試験を開始いたします！　ミレイア・クリュオール、前へ！」

「ではお先に失礼いたします、くれぐれも私の後で萎縮することのなきよう」

そう言い残して、彼女はゆっくりと前へ歩み出る。

「準備はよろしいですか？」

「もちろんです」

「では〝羊〟を解放します！」

試験官が高らかに言って、それと同時に魔力で編まれた箱がぱたぱたと展開されていく。

箱の中から、鎖につながれた一匹の羊が現れた。

金色の羊毛が全身を泡のように包み込んでいる。

あれは御伽噺級《フェアリーテイル》モンスター〝笛吹き羊〟だ。

「私の実力を見せてあげますの！」

ミレイアが白銀の槍を構え、笛吹き羊を威嚇する。

これが合図となった。

笛吹き羊の全身を包む金色の羊毛が、ざわりと波打つ。

そして――『ギモオオオオオオオオオ!!』

笛吹き羊が啼いた。大地を揺らすような低い咆哮だ、空気の震えがこちらにまで伝わってくる。

ここで笛吹き羊を啼かせられないようでは問答無用に空白級《ブランク》の等級が与えられるのだが、さすがあれだけ自身満々なだけあり、ここは難なくクリアしてきた。

しかし、問題はここからだ。

「――来ます!」

試験官の一人が向こうの山を指して叫ぶ。

見ると、轟音とともに次々と山の木々が薙ぎ倒されていくではないか。

ソレは凄まじいスピードで山を下ってきて、そして――現れる。

全身を紅色に染めた、小山のような猪が。

「出ました! 御伽噺級《フェアリーテイル》モンスター! 猪王ゴア・ボアです!」

「ふん、私の実力をもってすれば伝説級《レジェンド》モンスターぐらいは呼べると思いましたのに……まぁいいですわ」

ゴア・ボアは前足で地面を削り、ぶるると低い唸りをあげる。

俺は初めて見たが、なるほどなかなかでかい猪だ。


――この国では皆が、成人すると同時に等級認定試験を受ける。

与えられる等級は全部で五種類。

下から順に

空白級《ブランク》
語り草級《トピック》
御伽噺級《フェアリーテイル》
伝説級《レジェンド》
神話級《ミソロジー》
となる。
等級は今後の就職活動において大きな意味を持つ。
そしてこれを認定する試験の形態は様々だが、今回採用されたのは〝羊〟の試験らしい。
御伽噺級《フェアリーテイル》モンスター、笛吹き羊。
戦闘能力自体は通常の羊とほとんど変わらないのだが、あのモンスターには特殊な能力がある。
それは天敵に遭遇した際、他のモンスターの鳴き声を真似て、モンスターを呼び寄せる、というものである。それも相手の実力に応じたモンスターを、だ。
今回の試験はそんな笛吹き羊の習性を利用したもの。
つまり笛吹き羊は、ミレイアを御伽噺級《フェアリーテイル》モンスターをぶつけるに値する脅威と判断した、というわけだ。
しかし……疑問を感じずにはいられない。
あんなでかいだけの猪が、御伽噺級《フェアリーテイル》モンスターだって――？
「いきますわ！」
俺の感じている疑問など露知らず、ミレイアが走り出す。

ゴア・ボアもまた「ギモオオオオ」と雄たけびをあげて、ミレイアを迎え撃った。

湾曲した牙が振るわれる。ミレイアは大盾でこれをいなし、槍で突く。

ゴア・ボアが怒りのままに前足を振り下ろすが、ミレイアは軽々とこれをかわし、槍の先端から火球を放つ。

更にゴア・ボアが怯んだところへ氷魔法。

あっという間に足元を凍り付かせて、バランスを崩したゴア・ボアはあえなく地面に沈んだ。

試験官たちから「おおお！」と声が上がる。

「これはすごい！　見事な体捌きだ！」

「この歳で多重詠唱《マルチスペル》を使いこなすとは！　これなら十分に御伽噺級《フェアリーテイル》パーティのリーダーも務められる！」

「うふふ！　さあ、これで最後ですわ！」

贈られる賛辞に気を良くしたミレイアが、槍を高く掲げた。

槍の周囲に出現する赤と青の螺旋、魔法の奔流――ミレイアはこれを、すかさずゴア・ボアの脇腹に突き立てた。

研ぎ澄まされた槍での一撃と、二種の魔法の合わせ業。

ゴア・ボアは最後に「ぶぎいっ」と鳴いて、そのまま動かなくなる。

勝敗は決した。

「そこまで！　ミレイア・クリュオール！　判定は文句なしの伝説級《レジェンド》だ！」

「当然ですの！」

試験官の一人が叫び、ミレイアは鼻高々に胸を張る。

記念すべき——伝説級《レジェンド》誕生の瞬間に、試験官たちが拍手で祝福する中——しかし俺は一人愕然としていた。

え？　伝説級《レジェンド》？　あれが？

あんな蝿の止まるような動きが伝説級《レジェンド》だって？

「ふふん、どうですのオルゴさん？　見とれてしまったのではなくて？」

「え、あ、まあうん……」

「でしょうね！　うふふふ！　まぁ貴方も頑張ってくださいまし！」

「——次！　オルゴ・ノクテル！　前へ！」

試験官に名前を呼ばれて、ようやく我に返る。

……はっ、いけないいけない、大事な試験の前になにを呆けているのだ。

そうだ、他人の結果なんて関係ない、俺はなんのために〝師匠〟の下で今まで努力してきた？　むろん公務員になって、理想のスローライフを手に入れるためだ。

ならば俺は俺のベストを尽くして語り草級《トピック》の等級を勝ち取るだけ！

ぱんぱんと二度頬を張り、前へ歩み出る。

笛吹き羊がこちらの存在に気付いた。

ヤツが鳴きさえすれば、その時点で語り草級《トピック》は確定。

頼む、鳴いてくれ——俺はすがるように臨戦態勢に入る。

するとその瞬間、笛吹き羊の金色の羊毛が、まるで針金のごとくびいいいん、と逆立った。

「はっ？」

その声は、一体誰の発したものか。

それが分かるよりも早く、笛吹き羊が鳴く――

『みぎっ』

小さな、本当に小さな、呻くような声だった。

それを最後に、笛吹き羊はこてんと横たわり、そして全身を包み込む金色の羊毛が、ばらりと一本残らず抜け落ちる。

かくして丸裸になった笛吹き羊は、そのままぴくりともしなくなった。

誰もが言葉を失っていた。俺も、ミレイアも、試験官たちでさえ。

やがて我に返った試験官のうち一人が、おそるおそる笛吹き羊に歩み寄り、そして一言。

「し、死んでる……」

――どういうわけか笛吹き羊は息を引き取っていた。こともあろうに、このタイミングで。

そして試験官が叫ぶ。

「えーと……規則にのっとり、笛吹き羊を鳴かせられなかったオルゴ・ノクテルの等級は――空白級《ブランク》!!」

「嘘だあああああああああああ!!!」

笛吹き羊の代わりに、俺の絶叫が世界中に響き渡る。

俺が求める理想の公務員ライフは、たった今、音を立てて崩れ去った。

どうして、どうしてこうなった……

さて、事の発端は二年前に遡る――

第2話「大家さん式スパルタ試験対策」

「――は？　語り草級《トピック》？　伝説級《レジェンド》や神話級《ミソロジー》ではなく？」

危うく不味い茶を噴き出しかけた。

こんな素っ頓狂なことを言い出す彼女は、俺が今日からお世話になるアパート「イナリ荘」の大家さん。

落ち着いた和装と、ほのかに光を返す金髪が思いのほかマッチしており、頭のてっぺんからはぴょこんと尖った狐耳が生えている。

獣人だろう、そう珍しいものでもない。

身長は俺の腰丈ほどしかないし顔つきも幼いが、獣人族は実年齢よりもずっと若く見えると聞いたことがある。

閑話休題。

「い、いきなりなんですか大家さん……遠回しに馬鹿にしてるんですか……？」

俺はひくりと顔を引きつらせる。

そりゃそうだ、引っ越しの挨拶に訪ねるなり

「茶飲み話の一つでも付き合え」

と、半ば無理やり部屋まで引きずられ、要望通り茶飲み話のさわりとして将来の夢を話した結果

がこれなのだ。不機嫌な顔にもなるだろう。

「い、いや馬鹿になどしておらんが、え、おぬしホントに語り草級《トピック》でいいのか？」

「やっぱ馬鹿にしてるじゃないですか……それとも俺には最下等級の空白級《ブランク》がお似合いだと？」

「……待て、待て待て待て！　もう一度確認しようではないか」

「はい」

「おぬしが今日からこのアパートに住み、ベルンハルト勇者大学に通うのは何故じゃ」

「そこそこ良い大学を卒業して公務員になるためですよ、年功序列で、定時退社で、完全週休二日制……って大家さん、何ですかその顔」

例えるなら生まれて初めて抜けた自らの乳歯を眺めるような。

もしくは人が机の角に足の小指をぶつける瞬間を偶然目撃してしまった時のような……あ、ダメだコレ、例えらんねえわ。

なんだ、その顔。

「語り草級《トピック》で公務員じゃと……？　それじゃあ困る……非常に困る……ワシの完璧な計画がパァではないか……」

「何をぶつぶつ言ってるんですか……俺そろそろ部屋に戻りますよ、荷解きしたいんで」

「ま、待て！」

「今度はなんですか……」

「えーと、その、あの……そうじゃ！　おぬし公務員になりたいんじゃったよな!?」

「何度もそう言っているじゃないですか」

「で、あれば！　で、あれば！　ちょっと待っておれい！」

言うなり、大家さんは部屋の隅にあるタンスへぴゅーんと飛びつく。

そして引き出しを上から順に開けて、中をかき混ぜながら「あれでもないこれでもない」。

そんな彼女の小さな背中を眺めながら俺は一つ溜息を吐いた。

——勇者大学へ通うにあたって一人暮らしをすることになったものの、不動産屋を訪ねてみたら何故か大学周辺のアパートにただ一つとして空き部屋がなく、途方に暮れていた俺の目の前に現れたのが彼女だ。

名前は確か、テンコ？　といったか。珍しい名前だったので印象に残っている。

彼女は何故かこちらが事情を説明するよりも早く俺の状況を把握し、自らが大家を務めるアパート「イナリ荘」に偶然一室だけ空きがあるので、そこに住まないかと提案してくれたのだ。

大学からは少し遠かったが、その時、俺は彼女を女神様かなにかだと思ったほどだ。

しかし、もしや彼女は変な人なのではないか。

そう思いつつある自分もいる。

「お、おお！　こんなところにあったか！」

そして彼女はとうとうお目当ての何かを見つけたらしい。

タンスの底で眠っていたソレを引きずり出して、にやり口元を歪める。

「探し物は見つかりましたか」

「ああ、見つかったとも……これを見よ！」

「うん？」

大家さんが、なにやら小さなメダルのようなものをこちらへ突き付けてきた。

なんだこれ？　観光地の記念硬貨？

……などと思っていた俺は、数秒後驚愕に目を見開くこととなる。

「りゅ、竜と盾の紋章が刻まれたメダル……こ、これは⁉」

「やはり知っているようじゃな！　そうとも、これこそが国家に属することを表すメダル！　すなわち――公務員の証じゃ！」

「じゃ、じゃあ大家さん！　あなたは……いえ！　あなた様は⁉」

「おぬしが憧れてやまぬ公務員じゃよ」

「大家様！」

思わず平伏してしまった。

まさか公務員様とは露知らず、数々のご無礼お許しください、といった具合である。

狐耳の童顔大家さんはない胸を張って「こーんこんこん！」と高笑い。

すごく器用な笑い方するんすね、大家さん。

……て、待てよ。

「あれ？　大家さんって、大家さんですよね？　公務員じゃなくないですか？」

ぎくり、と大家さん。

「えーと、ほら、それはあの、昔……！　そう、昔公務員で……！」

「……辞めたんですか？」

「て、定年退職じゃ！　公務員は退職金もウハウハで……って誰がババアじゃ！」

まだ何も言ってません、大家さん。

「と、とにかくワシは公務員だったのじゃ！」

「大家様！」

再び平伏。

偉大なる公務員様には逆らえない。

「ついては等級認定試験に向けて、ワシがおぬしを立派な語り草級《トピック》に鍛え上げてやろう！」

「何故⁉」

そりゃあ願ったり叶ったりだけども、純粋に何故⁉

「な、何かの縁じゃよ、どちらにせよワシは暇を持て余しておるからの、こーんこんこん」

目を糸のように細く吊り上げて、器用な高笑い。

先ほど俺は彼女のことを変人と評したが、なんと軽率な。

――彼女はただ、前途ある若者の輝かしい未来を願う、善良な人間じゃないか！

「お願いいたします！」

俺はびしっと90度のお辞儀を決める。

頭上からの「こーんこんこん」の笑い声を聞きながら、俺は希望に胸を膨らませた。

これで俺の将来は安泰、ホワイトカラーの未来が待っている！

……などと考えていたこの頃の俺は、徹頭徹尾社会と言うものを舐め腐っていたと言わざるを得ない。

この後、俺は身をもって知ることとなる。

公務員を目指すということは、すなわち地獄の門をくぐり修羅の道を通るに等しい行為であると……

○

日を改めて、再び大家さんの自室。

「公務員になるには一にも二にも勉強じゃ！」

どかん！　とありえない音を立てて目の前に魔術書の山が積み上げられる。

うずたかく積まれたそれは、もう少しで天井に届きそうだが……

「大家さん!?　これ全部等級認定試験に必要なんですか!?」

「も、勿論じゃとも！　こーんこんこん」

大家さんは糸のように目を細めて、例の高笑い。

あまりに膨大すぎる情報量に心が折れかけるが――決めたのだ！　俺は公務員になると！

意を決して、山から一冊本を抜き取ってページをめくる。

「大家さん！　前書きからいきなり訳分かりません！　なんですかこのフィラクルススの法則って！」

「初歩中の初歩じゃ！　そこで躓いていては公務員など夢のまた夢！」

「大家さん！　こっちの本はそもそも文章が解読不能なんですが！」

「古代の魔術書や異世界の魔術書も混ざっておるからな！　しかしそれしきで躓くようでは公務員

など務まらん！」

「大家さん!?　この魔術書、なんか中から変な声が聞こえてくるんですけど!?」

「あ、やば、禁呪の書が混ざっておった、今のおぬしが読むと気がふれるぞソレ」

「何故そんなヤバいものが!?」

「こ、公務員の愛読書だからに決まっておるじゃろう」

「すげえ！」

確かにアイツらなんか頭よさそうな本を読んでいるイメージがあるが、まさかここまでとは！

さて、どれから手を付けたものかと逡巡していると——ふいに、天井にとりつけられたベルがリンリンと鳴り始めた。

これは……？

「ああ、また湧きおったか、二日前に駆除したばかりじゃろうが、まったく……」

「……駆除？」

「イナリ荘の裏山には定期的にモンスターが湧くのじゃ、これはその出現の前兆を知らせるベルでな、大家はこれを駆除する義務がある」

「へえ、大家さんっていうのはそんなことまでしないといけないんですね」

「そうなんじゃよ、まったく……」

がしっ、と襟首をつかまれる。

え、なに？

「おぬしもついてこい、モンスターとの戦闘経験も公務員になるためには必須じゃからの、お勉強はその後じゃ」

「ちょ、なんで俺まで……って力強っ⁉」

あえなく椅子から引っぺがされて、裏山まで連行された。

○

更に日を改めて、今度はアパート前の坂道。

「公務員になるには体力作りも必須なのじゃ！」

……ふむ、俺が志望しているのは肉体労働ではなく頭脳労働なのだが、まぁ、元公務員の大家さんが言うなら間違いはないだろう。

ただ、そうだな、一つだけ言わせてもらえるとするなら。

「……大家さん、これなんですか？」

目の前にそびえたつ巨大な鉄の塊を見上げて、俺はなんだか胸騒ぎが抑え切れない。

「脱皮したフルメタルドラゴンの抜け殻を特製の紐で束ねたものじゃが？」

「これをどうしろと」

「背負え」

「背負え⁉」

どう見ても人が背負える重さじゃないんですけど⁉

「公務員は毎日これを背負って通勤しておるぞ！」

「何故!?」

「け、健康のためじゃ！」

「なるほど！」

納得した。

確かに一日中デスクワークでは体力も落ちてしまうだろう。いかに頭脳労働といえ、何事も身体が資本だ。

というわけでこれを背負ってみたのだが……

「ぐ……も……」

重すぎて変な声が出てしまった、というかそれ以上の声が出ない。

足がぶるぶると震え、全身が熱を帯びていくのを感じる。

あまりの重さに前へ一歩も踏み出せないというのは、初めての経験であった。

にも拘わらず。

「ま、初日じゃし、今日は軽くそれを背負ったままこの坂を上って、裏山まで行くぞい」

その場に膝から崩れ落ちかけた。

しかしこの状態のそれはマジでシャレにならないので、なんとか堪える。

……正直、俺は公務員を舐めていた。

ましてこれは俺が立派な語り草級《トピック》になるための特訓。

つまり語り草級《トピック》である父さんは、人知れずこれに近い努力をしていたということになる。

父さん、すげえな……

「言い忘れておったが、この時期、この坂道は鉄甲虫が群れで転がってくるから、ぼーっと突っ立っておると撥ね飛ばされるぞ」

「げぶぅっ!?」

時すでに遅し。

裏山から転がってきたのであろう、俺の身長ほどもある黒光りするダンゴムシのような生物に為すすべなく撥ね飛ばされた。

そしてそのまま鉄甲虫と一緒に坂を転がる。

遠くから、リンリン、とベルの鳴る音が聞こえた。

「オルゴーーー！　一通り満足したら裏山の頂上まで登ってくるのじゃぞーーー！　いつものモンスター駆除じゃーーーー！」

ああ、助けてはくれない感じなんですね。

○

更に更に日を改めて、今度は裏山のてっぺん。

「公務員には、当然実戦経験も必須なのじゃ！」

「本当ですか!?　本当に必須なんですか!?」

「そ、そじゃよ〜、こーんこんこん」

いつものごとく狐顔で、狐笑い。

俺はなんだか、彼女がこの笑い方をするシチュエーションになんらかの共通点があるのではないかと睨んでいるのだが……

まぁ、細かいことは良い！　次は何をやらされるんだ？

「鬼ごっこじゃ」

「鬼ごっこ？」

随分と可愛らしい響きだ、拍子抜けしてしまった。

まぁ良い、鬼ごっこなら危険もないはず……

「果たしてそれはどうかのう」

大家さんがにやりと不敵に笑って、ある物を取り出す。

そ、それは！

「ここに、おぬしの部屋の鍵がある」

「なっ!?　ちゃんとしまっておいたはずなのに！」

一体いつ抜き取られた!?

「逃げ回るワシを捕まえて鍵を取り返せばおぬしの勝ちじゃ、取り返せない場合は……ふむ、悲しいことだが野宿になるのう」

「アパートの大家が持ち出して言い条件じゃねえ!?」

「たわけ！　公務員志望が文句を言うでないわ！」

公務員志望には発言権すらないのか!?

しかし公務員という単語をちらつかされると、何も言えなくなってしまうのもまた事実！

「分かった！　すぐに捕まえてやるぜ大家さん！」

「威勢がいいのは良いことじゃ、おぬしはさぞ立派な公務員になれるじゃろう」

そう言って、大家さんは分身した。

まったく寸分違わぬ一分の一スケール大家さんが四体、
これには俺も「は？」と間抜けな声を漏らさずにはいられない。

「では、鬼ごっこを始めるのじゃ、あ、あとワシ鍵を奪われそうになったら全力で抵抗するから、そこんとこよろしく頼むのじゃ」

「ちょ、分身なんて聞いてな……って速っ!!?」

あっという間に、五体の大家さんが方々へ消えて行ってしまった。

もはや影も形もない。

しかし途方に暮れている暇なんかない！　俺は公務員になるんだ！

と、その時再びりんりんとベルの音、見るとすぐ近くからモンスター出現の前兆が。

「ああ、畜生こんなタイミングで！　俺はさっさと大家さん捕まえないといけないんだよ！」

俺はモンスターとの交戦準備に入る。

ああ、なんだってまあこの裏山にはこんなにもモンスターが湧くんだ！

○

公務員になるための、地獄のような特訓の日々。

血反吐も吐いたし、全身は絶えず生傷だらけ、眠れない夜もあった。

そんな日常が始まって――はや二年。

「くふふ、腕を上げたのうオルゴ」

「……大家さんのおかげですよ」

俺はにやりと口元を歪める。

とうとう、とうとう俺は大家さんから〝鍵〟を奪い取ることが叶ったのだ。

「ワシから教えられることはもうない、あとは試験の日を待つだけじゃの」

「ありがとうございます大家さん……いや、師匠……！」

「ふふ、気が早いのう、油断して等級認定試験でヘマをするでないぞ、全力じゃ、間違いなく全力を出し切るのじゃぞ」

「ええ、ええ！　分かってます！」

そんなミスを犯すはずもない、なんせ俺はもう夢の目前に立っている。

誰もが羨む公務員ライフ！　その門前に！

りんりんとベルが鳴る、またも裏山にモンスターが湧いたらしい。

「師匠！　ここは俺が！」

「おうおう、熱心なことじゃのう」

「少しでも恩返しがしたいんです！　今日はいつもより調子がいい！　3分で片づけてきますよ！」

「頼もしいことじゃ」

「じゃあ行ってきます！」

俺は抑えきれない喜びに身を任せて、坂道を駆けのぼり始めた。

もちろん、フルメタルドラゴンの抜け殻を背負ったまま。

さあ輝かしきホワイトカラーの未来が、俺を待っている！

「……こーんこんこん、計画通りじゃ」

大家テンコは、神風のごとく坂道を駆けあがるオルゴの背中を見送りながら、にたりと口元を歪めた。

——そして物語は冒頭へと戻る。

第3話「大家さん生活の幕開け」

等級認定試験が終わるなり、俺は全速力で〝イナリ荘〟へと舞い戻った。

「大家さんっ!!」

彼女の名前を叫びながらドアを開け放つ。

狐耳の大家さんは座布団の上にあぐらをかいて——信じがたいことに、好物の油揚げをおかずに白米をかっこんでいた。

「騒々しいのう、なんじゃオルゴ」

食事を邪魔されて、いかにも不機嫌そうな表情。

しかし彼女の機嫌も、そのぞっとしない食べ合わせも、この際関係ない！

「さっき等級認定試験の結果が出たんですけど！」

「ほほう、……で？　どうじゃった」

「空白級《ブランク》だったんですけど!?」

「よっしゃあ！」

握り拳を突き上げる大家さん。

よっしゃあ……？

「あ、いやリアクションを間違えたのじゃ、それは辛かったのう……ワシまで悲しい」

「……じゃあなんでそんなに嬉しそうなんですか」

「たた、たわけ！　ワシも混乱しておるのじゃ！」

確かに、言われてみれば困惑している。

目も泳いで、額には脂汗。

ああ、俺もまた混乱しているとはいえ、あれだけお世話になった大家さんを疑うとは！

「で、何が起こってオルゴが空白級《ブランク》なんぞに？」

「それが、俺が笛吹き羊の前に立ったら笛吹き羊が死んでしまって……羊を鳴かせられなかったので、空白級《ブランク》と……」

「……ふ、笛吹き羊はストレスに弱いからのう、大方試験で酷使されてストレスが溜まっていたのじゃろう……」

「なるほど、大家さんは博識ですね……」

大家さんは顔を伏せ、ぷるぷると肩を震わせている。

泣いているのだ。あまりに不甲斐ない結果に……

「し、しかし事情はどうあれ、もはやおぬしが空白級《ブランク》という事実は変えようがない」

「じゃあ俺の公務員ライフはどうなるんです!?」

「もちろんパァじゃ、公務員の最低条件は語り草級《トピック》じゃからの」

「そ、そんな……！」

膝から崩れ落ちる。

目の前が真っ暗になるような感覚が俺を襲った。

「それどころか、空白級《ブランク》ともなれば雇われる場所も限られてくるの、実家に戻って畑でも耕すか、もしくは冒険者になって日がな一日中薬草でも摘むか……」

「絶対に嫌だ!!」

思わず声を荒げてしまう。

冒険者になるなんて言語道断!

安定しない給金! 社会保障もなし! 加えて定時が存在しない!

実家云々は、もっとない! 何が悲しくてあんな田舎に帰らなきゃならないんだ!

俺はそこそこ栄えたこの町で、悠々自適にスローライフを送るつもりだったのに……!

しかしどうしようもない。

空白級《ブランク》を雇ってくれて、なおかつ先の条件を全て満たすところなんて――

「ふむ、そんなおぬしに一つ提案なのじゃが」

「なんですか大家さん……」

「――おぬし、ワシの代わりに〝大家さん〟にならんか?」

「え……?」

思わず言葉を失った。

俺が、大家さんに……?

「悪い話ではなかろ? このアパート〝イナリ荘〟を経営して、住人からの家賃収入で暮らすのじゃ、いわゆる不労所得じゃぞ?」

「不労、所得……!」

その言葉はひどく俺の胸を打った。

働かずして収入を得る。それは俺が目指していた公務員ライフよりも、更に上――！

「で、でもどうして……？」

「ワシも大家業に疲れてきてのう、これも何かの縁じゃ、いっそのことイナリ荘は前途ある若者に託そうかとな、どうじゃ？」

――まさしく神のお告げである。

俺は暗く閉ざされた未来が、一気に開かれるような心地がした。

こんなの、受けるほかないじゃないか！

「やります！　俺、大家さんやります！」

捨てる神あれば拾う神あり。

俺は滂沱の涙を流しながら、元大家さんに抱き着いた。

彼女はよしよしと俺の頭を撫でながら――にやりとほくそ笑む。

「こーんこんこん、全てはワシの手のひらの上……」

大家さんが何かを言っていたような気がしたが、今の俺には一切聞こえていなかった。

なんせ今日から始まるのだ――俺の輝かしい大家さんライフが！

〇

少し時は遡り、これはオルゴ・ノクテルが空白級《ブランク》の判定を受け、がっくりと肩を落として試験会場を去った、その直後のこと。

ミレイア・クリュオールは会場に残り、突如絶命した笛吹き羊の亡骸を見下ろしていた。

「君、まだ残っていたのかい」

「そんなもの眺めていたって楽しくないだろう」

試験官たちが彼女を気遣って声をかける。

しかし彼女は一向にそこから動こうとしない。

「……笛吹き羊はストレスに弱い、おそらく連日の試験で酷使しすぎたせいで、事切れてしまったのだろう、ただそれだけさ」

「……本気でそう思ってらっしゃるのですか？」

「え？」

試験官の間抜け面を見て、ミレイアはあからさまに侮蔑を示した。

なんという節穴。

与えられたばかりとはいえ、伝説級《レジェンド》の等級を持つミレイアは直感的に感じ取っていた。

ほんの一瞬とはいえ〝あの男〟が発したとてつもない殺気。

笛吹き羊は過労によって死んだのではない、間違いなくオルゴ・ノクテルの気にあてられて――

その時である。

「……ん？　あれ、気のせいか……？」

「なんか今、笛吹き羊の足が動いた気が……」

「いや！　気のせいじゃない！　生きてるぞ!?」

なんと、突然に笛吹き羊が息を吹き返したのだ。

硬直した足をわしわしと動かし、ひょこんと立ち上がる。

そして笛吹き羊は――啼いた。

「xにくぉ2営おfhんイcぁい w l h ぃおlmでおふんxぉhq――――！！！！」

この世の物とは思えない凄まじい鳴き声。

上も下も分からなくなるほどの音の濁流が、世界をかき混ぜる。

「ふ……ぐっ!!?」

ミレイアは咄嗟に耳をふさいだ。

一方で対応に遅れてしまった試験官たちは白目を剥き、泡を吹きながらばたばたと倒れていく。

一体、笛吹き羊は何を呼んでいる……!?

音がやんだのちミレイアはすかさず辺りの様子を窺った。

どこから来る？　どんなモンスターが来る!?

――ソレは、ミレイアに視認されるまで一切気取られず、彼女の背後で低い唸りをあげていた。

「なっ!?」

ミレイアの目撃したソレは、目のない竜であった。

鉱石のような表皮で覆われた身体を、強靭に発達した四肢で支えている。

研ぎ澄まされた槍のような尻尾に、蒼い光をたたえるオリハルコンの牙。

翼は退化しているようだが、ワイバーンやドレイクなどのまがい物ではない。

正真正銘のドラゴンである。

「あ……」

がらん、とミレイアの手から槍と大盾が滑り落ちる。

腐っても熟練の戦士、本能で察知したのだ。

下手に武器を構えるよりも、万に一つ、彼がその気まぐれによって自らを見逃す方が生き残る確率が高い、と。

純粋なドラゴンは最低でも伝説級《レジェンド》とされているが、目の前のソレはそんな次元ではない。

恐らくは単身で城一つ落とせる災厄の化身、すなわち神話級《ミソロジー》である、と。

事実、ミレイアの予想は当たっていた。

ミレイアは知らないが、かのドラゴンの名は〝城喰らい〟。

かつて自らの無際限の食欲によって、名のある大国をいくつも滅ぼし、残った廃墟を全て食い尽くしたという伝説のドラゴンだ。

のちに語られる大災厄の後、深い眠りについていたのだが〝笛吹き羊〟の鳴き声が彼を目覚めさせてしまった。

彼は、千年ぶりの目覚めによってひどい空腹に苛まれていた。

だからこそ白銀の甲冑で身を包んだミレイアは、彼にとって空腹を紛らわす絶好のおやつであり――

「あっ」

ミレイアは実に緩やかに自らの死を悟る。走馬灯を見る暇すらない。

オリハルコンの牙がすぐ目の前まで迫る。

その時

「――まったく、オルゴも面倒なものを呼びおったわい」

ミレイアは見た。

一体いつからそこにいたのか、竜の鼻先に跨る、狐耳の少女の姿を。

遅れて竜が彼女に気付いて振り落とそうとするが、狐耳の少女は拳を握りしめて――「暴れるな、トカゲ風情が」

――なんと、拳骨を食らわせた。

いや、果たしてそれは拳骨と呼んでいいのだろうか？

幼い少女の、かわいらしい握り拳は、あまりの速さに一瞬とはいえ光を放ったのだ。

その直後、近くに隕石でも落ちたのかと錯覚してしまうほどの衝撃、爆音。

竜の鉱石を纏った表皮は飴細工のごとく破裂し、そして、実に呆気なく絶命した。

ずずうんと音を立てて崩れ落ちる城喰らい。

狐耳の少女はまるで何事もなかったかのようにぱんぱんと手を払う。

「あ、あなたは、一体……」

「んー？　ただの大家さんじゃよ、イナリ荘の。……それよりも、じゃ」

狐耳の少女は、ミレイアへずいと顔を寄せてきて

「伝説級《レジェンド》の小娘よ、ここで見たことはぜーーんぶ忘れるがよい、他言したら末代まで呪うからの、こんこん」

「は、はひ……」

ミレイアがやっとの思いで声を絞り出したのを確認して、狐耳の少女はなんと片手で竜の亡骸を持ち上げると

「さーて、一仕事終わったし、ウチに帰ってイナリご飯でも食うかの」

そんな台詞を残して、姿を消してしまった。

ミレイアは思う。

この夢のような光景を、自分は生涯忘れることはできないだろう。

しかし最上等級であるはずの神話級《ミソロジー》モンスターをただの一撃で仕留める彼女は、一体何者なのだ？

イナリ荘の大家さんとは？

それになにより

「イナリご飯ってなんですの……？」

ミレイアは誰に言うでもなく、ぽつりと呟いた。

第4話「ようこそイナリ荘へ！」

俺が空白級《ブランク》の等級を与えられ、イナリ荘の大家さんに任命されてから、早いことに今日で丸二年になる。

先日、ベルンハルト勇者大学の卒業式があったのだが、式の当日、我らの学友は見事二つのグループに分かたれた。

一つは、二年次に行われた等級認定試験で手に入れた等級をもって滞りなく就活を終え、希望を胸に学び舎を旅立つ勝ち組グループ。

もう一つは言わずもがな、試験も就活も散々な結果に終わり、挙句社会へと放り出された負け組グループだ。

俺？　もちろん前者に決まっている！

何故なら俺は、このイナリ荘の大家さんなのだから！

「ふ、ふふふ……」

今この瞬間も、世間一般の人々はあくせくダンジョンに潜り、薬草を摘んだり鉱石を採取したり、あまつさえモンスターとの死闘を繰り広げ、日銭を稼いでいる。

そんなことを考えると自然と笑みもこぼれてしまう。

そうとも！　真の勝ち組とは、平日の昼間から窓辺で季節の花を眺めつつ、自家製のハーブティーを嗜むこの俺のことだ！

……と、言いたいところだが、そう美味い話でもない。

「――大家さん、いますよね、開けてください」

とんとんとん、とドアがノックされる。

この無感情な声音は……

「ちょっと待って、もう少しでこれ飲み終わるから……」

「早急に開けてください、さもなくばこの薄っぺらい板きれが吹き飛ぶことになります」

「やめて!?」

俺は飲みかけのハーブティーを置き去りに、ドアを開け放つ。

ドアの向こうには案の定、魔女帽子をかぶった黒髪の女性の姿が。

「御機嫌よう大家さん、良い朝ですね」

「……シェスカちゃん、いい加減、脅してドアを開けさせるのやめてくれない？」

「善処します」

例のごとく気の無い返事をする彼女の名はシェスカ・ネルデリタという。

全身を黒装束で固めた、細身で色白の彼女は見た目の通りの魔法使い。

先日の等級認定試験ではめでたく御伽噺級《フェアリーテイル》に認定された。

昼寝がなにより好きで、日の高い内はぼけーっとしている低血圧な彼女だが、人は見かけによらないとはこのことだ。

閑話休題。

「……で、今日は何の用だ？」

「私の部屋の前の照明魔具が切れかけています、このままでは暗がりで転倒してしまうことはもはや明白、早急に対応を」

「ああ、あれか……」

気付いてはいた。

夜中彼女の部屋の前だけ照明がちらついているので、いずれ交換しなければと思っていたのだが、とうとう寿命を迎えたか。

彼女の部屋は二階だ。

確かにどこか鈍臭い彼女が、万が一にでも躓いて階段から転がり落ちてしまえば一大事だろう。

「分かった、日が暮れるまでに代わりの照明魔具を調達してくる」

そう答えて、俺は再び部屋の奥へ引っ込もうとする。

……袖口を掴まれた。

「……何故引き止める？」

「早急に対応を」

「分かったって、まだ日も高いから少し待て」

「早急に」

「……もしや別の要件があるな？」

シェスカは貼り付けたような無表情のまま、しかしどこか気恥ずかしげに、こくりと頷いた。

俺は、ふうと溜息をつく。

○

203号室。すなわちシェスカの部屋の前にて。

俺は足下でころころと転がる一匹の虫の存在に気が付いた。

一体どこから迷い込んだのだろう、鉄甲虫の幼体である。

「こいつか……」

俺はこれを摘まみ上げる。

幼体とはいえ、さすがの硬度だ。

これから数十回と脱皮を繰り返し、彼は立派な成虫となるのだろう。

ほどほどに大きくなれよ。

そう願いを込めて、奥の林へ放り投げた。

「これでいいか？　シェスカちゃん」

「おかげで心置きなく部屋に戻ってお昼寝ができるというものです」

そう言って、虫嫌いのシェスカはほっと胸を撫で下ろし――たりはしない。

そんなにも分かりやすい感情表現をする子ではないのだ。

その無感動な様子ときたら、実は人形か何かではないのかと疑ってしまうほどである。

「……って、これから寝るって、まだ10時にもなってないぞ」

「まだ調子が出ませんゆえ」

……以前、ベルンハルト勇者大学でシェスカが「午後の魔法使い」と呼ばれていることを知った。

言い得て妙、というよりそのままの意味である。

彼女は驚異的な低血圧により、午前中は普段の十分の一程度の力しか出せないのだとか。

今は春休みだからいいものの、果たして彼女は無事卒業できるのだろうか？　というより、社会で生きていけるのだろうか？　甚だ疑問である。

「その時は大家さんに養ってもらいますゆえ」

「自覚があるなら改善してくれ」

「こればかりはどうしようもありません、大家さんも一緒にお昼寝しますか？」

「……そういう冗談はあんま良くないと思うぞ」

「いえ、冗談ではありません」

そう言って彼女は自らの胸を両手で持ち上げた。

これにより二つの弾力ある双丘が浮き彫りとなる。

……彼女、細身な上着痩せするタイプで、実は結構な隠れ巨乳だ。

「私は大家さんをゆーわくしております」

「……朝飯ぐらい食ってから寝ろよ」

付き合ってられるか、と踵を返した。

彼女はどうも自らの無表情を利用して、こちらをからかっているような節がある。

「……私はどうも感情表現に乏しいようですので直接的にアプローチしましたのに、何故でしょう」

背後でシェスカが何か言っていたが、無視だ無視。

大家業は思いのほか忙しいのだ。

〇

俺は自室に戻るなり、ハーブティーの残りを啜りながら、苦い顔をした。

別に冷めた茶に不満があったわけではない、この切迫した状況に自然とそういう顔になってしまったのだ。

「また出費か……」

俺はぱちぱちと算盤を弾く。

……やはり何度計算しても、今月も厳しい。

「そろそろ修繕したいんだけどなぁ」

俺は一人ぼやいて、ちらと壁を見やる。

経年劣化のせいか亀裂が走っていて、夜になると隙間風に身を凍えさせる羽目になる。

だが、こんなのは序の口だ。

学生時代はさして気にならなかったのだが、大家さんになってみて痛感した。

このイナリ荘は、大分ガタがきている。

しょっちゅう雨漏りを起こして住人からクレームが入るわ、壁の隙間から虫が侵入してきてクレームが入るわ、腐った床板が抜けてクレームが入るわ……

極め付けはこのイナリ荘の見た目。

築100年と言われてもうっかり信じてしまいそうだ。

近隣住人の中には、本気でこれを廃墟だと信じている者もいるらしく、気味悪がって近づかないのだとか。

「それもこれも家賃収入の少ないせいだよな……」

そう、主たる収入源である家賃収入の少なさが全ての元凶。

大学から遠く、坂の上にあるという最悪の立地に加えて築100年（実際は知らないが）。

こんな悪条件では家賃も破格にせざるを得ない、というのもあるが……一番の問題は住人の少なさだ！

そりゃそうさ！　こんな廃墟まがいの怪アパート、誰が好んで住みたいと思うのか！

……とはいえ、金がなくては修繕できないという悪循環である。

「くそ……なにが不労所得だ……」

めちゃくちゃ忙しいじゃないか。

元大家さんは、あんなに毎日のんべんだらりと暮らしているように見えたのに……

ちなみに元大家さんは俺にアパートを任せるなり「では旅行に行ってくるのじゃ」と、の言葉を残して姿を消してしまった。

もっとこう、引き継ぎとかちゃんとしてもらえばよかった……

だがそんな苦悩も、今日をもって少しは緩和されることだろう！

なんせ今日は新しい住人の――！

「失礼する」

こんこん、ドアがノックされる。

聞いたことのない声だ。

「はい！」

俺はすかさず駆け寄って、ドアを開け放つ。

そこには鎧を身にまとった、凛とした顔立ちの少女が――

「今日からここで世話になる戦士ルシル・シルイットだ、よろしく頼む」

「……お待ちしておりました、ようこそイナリ荘へ！」

俺はお決まりの文句を口に、どこかつんけんした彼女を歓迎した。

第5話「新たな住人」

白状しよう。ルシル・シルイットと名乗る彼女の登場に、俺は面食らっていた。

何故ならば、見るからに彼女がエリートだったからだ。エリート、うん、我ながらこの表現がしっくりくる。

なんせ彼女は研ぎ澄まされていた。

頬のあたりに浮かび上がった竜鱗と頭側部から生えた角を見るに、恐らく竜の血が混ざっている。

褐色の肌に、肩口で揃えられた白に近い銀髪、眼光は鷹のように鋭く、顔立ちは凛として。

その身体には贅肉はもちろん、無駄な筋肉さえ一切なく、引き締まっているといった表現が正しい。

そして得物は——ロングソードか。

鞘に収まってはいるが、恐らく相当の業物だろう。

だが、俺が何よりも気になったのは彼女が腰に提げた、一見簡素に見えるラウンドシールドだ。

「お、珍しいな、加護つきか」

元大家さんとの修行の名残か、俺はこういったものを目にすると、つい口に出してしまう。

ルシルは少しだけ目を丸くした。

「……驚いたな、この盾の加護に気付くのか、初対面では皆が私の容姿やこの剣について触れるのだが」

「昔似たような物を見たことがあったんだ。……あ、悪い、自己紹介もまだなのに」

「いやいい、貴君がこのアパートの大家殿なのだろう？」

「ああ、オルゴ・ノクテル、改めて歓迎するよ」

俺は握手を求めようと右手を差し出す。

しかし彼女はこれに応えず、その代わりに問いを投げてきた。

「――等級は？」

ぐっと顔を歪める。

この子、俺が一番触れてほしくない部分に……

「……空白級《ブランク》だよ」

「空白級《ブランク》……」

彼女は露骨にがっかりしたような調子だ。

「そうか、分かった……部屋を案内してもらってもいいか？」

「そ、そうだよな、早く新居を見たいよな、じゃあこっちに、ルシルちゃんの部屋は……」

「ちゃん付けはよしてくれ、私はもう大人だ」

「……ルシルさんの部屋は一階の１０２号室です」

彼女の有無を言わせぬ物言いに萎縮してしまう。

……結局、握手は返してもらえなかった。

○

「――はい、ここが１０２号室だよ」

俺は今日から彼女の拠点となるその部屋を、彼女に紹介した。

当然のことだが、部屋の中はがらんのどうだ。

例にもれず時代の流れを感じさせる部屋だが、前の住人が出て行ってから毎日欠かさず俺が掃除していた甲斐もあって、清潔感だけはある。

「ここが私の部屋……」

ふふん、お高くとまった彼女も、さすがに感動しているのだろう。

なんせ埃一つ落ちていないのだ。

それに、前日に俺の自家栽培ハーブから作ったフレグランスを少しばかりふっておいた。

なんとも胸のすくような香りがするじゃないか。

「窓は二つ、キッチンとトイレ付、あとはクローゼットが一つ、で、鍵はこれ」

スペアキーを含めた三本の鍵を、彼女に手渡す。彼女は無言でこれを受け取った。その表情は、どこか暗く沈んでいる。

「家賃の回収は基本的に月初め、大体このぐらい」

「……破格だな」

「荷物は確か後でまとめて騎竜宅配業者が送ってくるんだったよね、荷解きくらいなら手伝うけど」

「……お気遣い、痛み入る」

「へ、部屋は気に入った?」

「……良い部屋、だと思う」

絶対に思ってないじゃないか……

「ああ、いくら家賃が安いとはいえ、なんでこんなボロ家を選んでしまったのだろう……」

それは、そういう顔だ。

確かに、彼女は今までそれなりに良い環境で育ってきたように見える。

きっと本来は、こんな推定築100年アパートなどにいていい存在ではないのだ。

だからこそ、純粋に気になった。

「ルシルさん、いくつ?」

「……今年で19になる」

「ってことは、やっぱりベルンハルト勇者大学に入学するんだよね」

「そうなるな」

「なんでウチのアパートを選んだの?」

大学からは徒歩圏内――とはいえ、決して近いわけではない。

アパート前の坂は「心臓破り」と呼ばれるぐらいの急勾配で、立地は最悪。

ぶっちゃけ家賃の安さぐらいしか取り柄がないのだ。

大学周辺には、ここよりも条件が良くて、お洒落なアパートが山ほどある。

それなのに、何故――

「……憧れの人が、このアパートの名を口にしていた」

「憧れの人？」

予想外の返答に、俺は思わず反復する。

ルシルは、こくりと頷いた。

「……去年の夏のことだ、私はベルンハルト勇者大学のオープンキャンパスに参加するため、この地を訪れた」

オープンキャンパス。

それは年に二度行われる大学主催のイベントだ。

大学を一般開放して、各学科の学生が研究成果を発表したり、はたまた屋台を出店したり……まぁざっくり言えば大学のＰＲイベントである。

「大学の個人的な評価としては……並だと思った、さほど心は動かされなかった。なにせ私が目指すのは伝説級《レジェンド》だ」

「……そりゃあ、まぁな」

ベルンハルト勇者大学の伝説級《レジェンド》輩出率は、確か１％を切っていたはず、すなわち年に一人いるかいないかだ。

つまり認定試験でのミレイア嬢は稀有な存在だったと言える。

一つ下の御伽噺級《フェアリーテイル》でさえ相当珍しく、たいていは語り草級《トピック》か空白級《ブランク》である。

「失望というほどではないが、それなりに落胆して帰路についた。そしたら、その、見知らぬ土地ということもあり、道に迷ってしまってな……」

「このへん入り組んでるからな」

「……まぁそのような調子でこのあたりをうろついていたら、見慣れない、虫型のモンスターに遭遇した」

「このへんよく湧くからな」

主にウチのアパートの裏山から。

「……私は剣を抜きモンスターと相対した、正式に等級は与えられていないが、私は御伽噺級《フェアリーテイル》相当の力を持っている」

「そりゃすごいな」

竜人《ドラゴニュート》は竜の膂力を受け継ぐ。

それに彼女自身も戦い慣れているようだし、その評価も納得だ。

「たいていのモンスターは問題なく倒せる、まして群れからはぐれた虫風情には後れをとるはずもない、そう思っていたのだが……」

「だが？」

「……まるで歯が立たなかった」

「マジか!?」

御伽噺級《フェアリーテイル》でも歯の立たないモンスターが、こんな町のはずれに？

なんとも物騒な話だ。

しかし、そんなものがこの近辺で出現したとしたら、俺の耳に入っていてもよさそうなものだが……。

いや、まずは彼女の話を聞こう。

「……窮地に追いやられ、私はここで終わるのだと確信した。――そんな時にあの人が現れたのだ」

「例の、憧れの人……か？」

彼女はこくりと頷く。

きっと語りながら当時のことを思い出しているのだろう。

その目は、まるで少女が夢でも見るかのように輝いている。

「そうだ、颯爽と現れた彼は、私の剣をもってしても傷一つつけられなかったモンスターを――なんと何の変哲もないただの棒切れで、あっという間に仕留めてしまったのだ」

「なんとまあ……」

それは、確かに夢のような話だ。

まるで御伽噺に語られる英雄ではないか。

「彼は名を名乗らなかった、それどころか私が感謝の言葉を告げるよりも早く、こちらの身を案じて貴重なポーションまで……」

「そいつは一体？」

彼女はかぶりを振る。

「……分からないんだ、何も。彼は頭巾をかぶって口元を布で覆っていた……あれだけの猛者だ、おそらくは伝説級《レジェンド》、きっと正体を隠していたのだろう」

「で、その憧れの人がイナリ荘の名前を？」

「ああ、言っていた〝早くイナリ荘に戻らなくては〟と、……だからベルンハルト勇者大学に入学し、ここで住めば、今一度あの人に会えるかと少し期待していたのは事実だ」

なるほど、そういう事情か、納得した。

……しかし、頭巾をかぶって口元を布で覆い、なおかつただの棒切れで御伽噺級《フェアリーテイル》でも敵わないモンスターを仕留めるような男？

彼女には悪いが……

「……ごめん、俺がここで大家を始めてもう2年になるけど、そういうヤツに心当たりはない」

「そうか……」

彼女はあからさまにしゅんとしてしまう。

自分のせいではないといえ、女の子にそういった表情をさせてしまうのは心苦しい。

そんな時だった。

つつー、と天井から何かが下りてきて、彼女の目の前にとどまった。

それは小指の先ほどのサイズの、小さな、緑色のクモである。

「ひゃっ!?」

ルシルが実に可愛らしい悲鳴をあげて飛びのいた。

げっ……あれは！

俺は咄嗟に頭上を見上げる。

すると、そこには――なんということだ！　草むら蜘蛛《グラス・スパイダー》が天井の一角に立派な巣を張っているではないか！

「ぐっ……！　昨日掃除したばっかりなのに……ごめんルシルさん！」

「い、いや、こちらこそ見苦しいところを……」

先ほどの悲鳴を聞かれたのが恥ずかしかったのか、彼女は慌てて取り繕う。

なんと空気の読めないクモだ！

草むら蜘蛛《グラス・スパイダー》は人間には無害だ。

しかしいたいけな女子の住む部屋に初日からクモの巣があっては大家の名折れ！　早急に対処しなければならない！

えーと確か部屋に竹箒があったよな……！

そんな時である。りんりん、とベルの鳴る音が聞こえた。

ああ、もうこのタイミングかよ！

「大家殿、この鈴の音は……？」

「ああ！　これはモンスター出現の合図だよ！　うちのアパートの裏山にはよくモンスターが湧いてね！　これを始末するのも大家の仕事なんだ！」

「なるほど、モンスターか……」

「ごめん、俺今から裏山に向かわないとだから、クモはちょっと後回しになっちゃうけどいいかな⁉」

「あっ……い、いや！　モンスター駆除なら私が行こう！」

「えっ？」

彼女の提案に俺は一瞬驚いたが——なるほど、彼女はクモが苦手なのだ。

まずはクモの巣を早急にどうにかしてほしいのだろう。

「い、いいのか？」

「ああ、鬱憤晴らしにはちょうどいい！　それに」

そう言って、彼女は腰鞘から剣を抜いた。

その剣は側面に血管にも似た紅い筋が無数に走っている。

……火竜の器官を加工した炎の剣か。

「なるほど……」

「──私は御伽噺級《フェアリーテイル》の戦士だ、そのへんのモンスターには不覚をとらん」

裏山から湧くのは、えてして空白級《ブランク》の俺ですら倒せる低級モンスターばかりだ。

彼女からすれば問題にすらならないだろう。

なら
「……じゃあお言葉に甘えようかな」

「承知した！」

彼女は高らかに言って、102号室を飛び出す。

「──坂をまっすぐ上っていくと──大浴場の跡地がある！　たいていはそこに湧くからなーー！」

彼女の背中を見送ったのち、俺は天井を見上げる。

さて……俺はさっさとこれを片付けないとな。

「うーん、ついでだし天井の埃も落としとくか」

○

女戦士ルシル・シルイット。

彼女は裏山へと続く坂道を駆け上がりながら、ひそかに泣いていた。

モンスターの駆除を買って出たのは、なによりその涙を誰かに見られたくなかったからである。

袖口で目元を拭う。

「……何を泣いているルシル・シルイット、こんなの、分かり切っていたことではないか」

彼女は自らに言い聞かせるように呟く。

そう、分かり切っていたことだった。

名前も顔も知らない彼と奇跡的に再会し、あの時のお礼を言うことなど無理な話だと。

でも、少なからず期待はしていたのだ。そんな奇跡を、運命的な出会いを。

女々しいな、と自分でも思う。

坂道を進めば進むほど、人気がなくなってきた。

ちょうどいい、今の女々しい自分を誰にも見られたくはない。

竜の血を引く、誇り高きシルイット家の家名を汚すわけにはいかない。

私はなんとしてでも伝説級《レジェンド》にならなくてはいけないのだ。

誰よりも強く、誰よりも気高く。

女であることさえ捨てて――

そして、間もなく目的地に到達する。

「ここは……」

大家オルゴ・ノクテルは、坂道を上っていくと大浴場跡地があり、そこにモンスターが湧くと言っていた。

しかしこれは、大浴場というよりは……

「神殿……？」

屋根や壁の類はすでに崩れ落ちてしまっているらしく、瓦礫の中で巨大な柱が数本突き出している。

瓦礫の中には、恐ろしげな悪魔の像なども混じっていた。

これを大浴場跡地というには随分と禍々しく……

——その時だった。

「……きたか」

廃墟の中央に、なんらかの気配が生じた。

十中八九モンスターが出現しようとしているのだ。

あの鈴の精度は大したものだ、まさかモンスターが出現する前兆を報せるとは。

「さっさと終わらせてアパートに戻ろう」

ルシルは愛剣〝火竜の息吹〟を構える。盾は必要ないだろう。

空白級《ブランク》でも問題なく対処できるモンスター、ゴブリンか、スライムか……いずれにせよ、この盾を汚すほどではない。一太刀くれてやって、それで終わりだ。

途端、大気がぐにゃりと歪む、黒い靄のような何かが形を成す。

さあ、一体どんなモンスター……が……？

『——嗚呼、我が恋焦がれた世界よ、我はひどくつまらぬ虚無の中で実に千年の刻を過ごした、今日まで変わらず美しくあってくれて、感謝しよう』

「え……？」

彼女の目の前に現れ、流暢に人の言葉を語るソレは、ゴブリンでもスライムでもなかった。

巨大な、途轍もなく巨大な――黒い竜であった。

『人の作りし物を我は愛する、しかし同時に我は人を嫌悪する、この美しき芸術に人間は不要だ。

――そう思うだろう？　取るに足らぬ小娘よ』

黒き竜がルシルを見下ろしてにたりと笑う。

邪悪な、ひどく邪悪な笑みであった。

ルシルはその瞬間、自らが逃れえぬ死の最中にいるのだと確信する。

第6話「厄竜パンデア」

――ドラゴンとは、古来より宝の護り手とされてきた。

その原則はより強大なドラゴンにこそ当てはまる。

ゆえに、ワイバーンやドレイクなどのドラゴンもどきに、守る宝はない。

時として、僅かに混じった竜の血がそうさせるのか、こまごまとした宝石類を集める個体もいるが、ほとんどは単なる破壊の獣として圧倒的暴力を振るうのみである。

要するにドラゴンとは、守るべき宝があって初めて生み出されるのだ。

しかし――彼は違った。

彼は非常に強大な力を持つ竜でありながら、守るべき宝を与えられなかった。

加えて、その影響か、彼の翼は生まれてこの方一度も開いたことがなかった。

何故だ？　我は何故生まれたのか？

竜は、暗い穴蔵の奥底で考えた。

ただ一つの生命も奪わず、苔を食みながら思索に耽った。

守るべきものが分かるまでは不殺を貫こうと、自ら決めていたのだ。

自分はどうしてこの世に生を受けたのか？

守るべき宝はどこにもないというのに、自らは竜と呼べるのか？

そも、宝とは何か？

竜には強靭な牙と爪だけでなく、溢れんばかりの知性も兼ね備えていた。

朝も夜もなく、彼は悠久の時を哲学的思索に費やした。

全身が苔で覆われ、爪も牙も錆びつき、自らが穴蔵の一部と化すほど。

しかし答えは出なかった。

なので、彼はやり方を変えた。

――自分一人で分からないのであれば、誰かに聞けばいいのだ！

そうして、黒竜はこの世に生まれ落ちてから二千年の刻を経て、初めて穴蔵を脱した。

生まれて初めて目にする外の世界。

とりわけ人の作り出した文明というものに――彼はいたく感動した。

これは驚くべきことだ！

あれも、これも、それも！　全部人間という種が創り出したのか!?

なんたる芸術！　なんたる偉業！

これぞ至宝である！

しかし、感動したのもつかの間。

人間は優れた文明を創り出すが、同時にこの素晴らしい芸術を変容させ、破壊させる性質をも持っていたのだ。

どれだけ素晴らしい建築物でも、彼らはいとも簡単に打ち壊してしまう。

どれだけ美しい言葉でも、彼らは時流とともにこれを歪め、忘れ去ってしまう。

名もなき竜は嘆いた。

どうすれば、この芸術を永久に保存できるのか。

考えに考え抜いた結果――竜は一つの解答を見出した。

そうだ、人間を殺してしまえば人間の作り出した芸術は永遠に残るではないか！

竜は長い時を費やしてついぞ解けなかった己の疑問に、唯一にして無二の答えを導き出した。

そうだ！　そうに違いない！

我が守るべきはこの〝世界〟！

世界を侵す人間どもを滅ぼすことこそ、我をドラゴンたらしめる使命なのだ！

その時、黒竜は生まれて初めて、その翼ではばたいた。

そのはばたきは周囲一帯に黒い霧をもたらし、そして、たちまち一つの国を滅ぼした。

人の作り出した芸術品には一切傷をつけず、ただ人だけを――滅ぼしたのだ。

彼は殺した、あらゆる生命を殺し尽くした。

二千年の遅れを取り返すように、殺戮を繰り返した。

かくして、とある神話級《ミソロジー》のドラゴンスレイヤーが自らの命と引き換えに彼に封印を施すまで、竜は四つの国を滅ぼした。

破壊ではなく、暴力でもなく、生命を奪うことだけに特化した最凶最悪の竜。

人々は神話にて彼を語り、そして畏怖を込めて彼をこう呼ぶ。

神話級《ミソロジー》
――厄竜パンデアア。

○

ルシルの中を流れる竜の血が、彼女に警告する。

構えるな。

今すぐ剣を捨て、降伏の意を示すのだ。

アレは立ち向かうようなものではない。

逃げようなどとも考えるな。

アレは息をするようにお前の命を刈り取る――

彼女はこの声を、なんとか振り払おうとした。

しかし足が震える、目の前のソレを直視できない。

指がちぎれそうなほどに強く、剣の柄を握りしめる。

なんというプレッシャーだろう。

まるで心臓を直接鷲掴みにされるような感覚。

ただそこに在るというだけで、満足に呼吸もできない。

『それは恐れか？　人間』

「だ……ま、れ……！」

窒息しそうな緊張の中、かろうじて声を絞り出す。

昔、一度だけ伝説級《レジェンド》のモンスターと相対したことがあるが、そんなものとはまるで比較にもならない。

これは、この世にいてはならないもの。

国さえ滅ぼしかねない、災厄の化身だ！

なんで、よりにもよって今日この時、私の前にこんなものが——

自らの運命を呪う、しかし、どうにもならない。

この絶対的な力の前では、全てが無意味だ。

戦意など、とうの昔に喪失していた。

『……ふむ、次に我が顕現する時、いかな強者が我の前に立ちはだかるのかといささか期待していたのだが、どうやらアテが外れたようだ』

黒竜が、ふんと鼻を鳴らす。

ただそれだけで、僅かに世界が揺らいだ。

そして
『——まぁ良い、此度ようやく現世に降り立つことが叶ったのだ、我は我の使命を果たすとしよう』

黒竜が、ゆっくりと翼を開く。

——その瞬間、私は無意識の内に盾を構えていた。

『さらばだ、罪深き命よ』

黒竜はそう言って、ただ一度はばたいた。

これにより竜の翼から黒くて、微細な、無数の、何か鱗粉のようなものが舞い上がり、周囲一帯へ拡散される。

それはさながら津波のごとく押し寄せる黒い霧。

黒い霧は一瞬にして廃墟跡を駆け抜け、そして——あらゆる生命を奪った。

空をはばたく鳥たちが次々と地に落ち、地を這う虫たちが音もなく息を引き取る。

そして死の霧は、私にも例外なく降り掛かる。

「っ……!?」

たちまち全身から力が抜ける。身体が鉛のように重くなる。

遅れてやってくる激痛、悪心、頭痛、眩暈、痺れ。

ありとあらゆる苦痛が私の身体を支配する。

気が付いた時、すでに私は地面に倒れ伏していた。

「っ……！　っぁ……！」

苦痛に悶え、何度も声にならない悲鳴を漏らした。

——おそらく反射的に盾を構えなければ今頃私は自分に何が起きたのかさえ分からずに死んでいたことだろう。

それはかつて伝説級《レジェンド》の神官が加護を授けたという、あらゆる魔を退けるシルイット家秘伝の盾。

だが……

『ほう？　まさか我が死の霧に触れて生き延びるとは……これは不幸であるぞ人間』

黒竜がころころと喉を鳴らして笑う。

そう、確かに私の盾は竜の攻撃を凌いだ。

しかし、凌いだだけだ。

『所詮、苦痛が長引いただけだ、あと数分で貴様は確実に死に至る』

「……」

灼けるように熱かった身体から、徐々に熱が引いていく。

寒い、暗い……私は、こんなところで……

『――さて、次は少し本気ではばたくとしよう、景気づけだ、まずはこの国の命を全て奪う、そしてこの素晴らしき芸術を、永遠に我が手の内で……』

黒竜が、先ほどよりひときわ大きく翼を広げる。

薄れゆく意識の中で私が視たソレは、まさしく終末の光景であった。

――最期の瞬間、私は憧れのあの人を思い浮かべる。

モンスターに襲われていた私を颯爽と助けてくれた英雄。

頭巾をかぶって、口元を布で覆い、ただの棒切れで私を救ってくれた彼。

願わくば、あの人の素顔が見たかった。

願わくば、あの人にお礼が言いたかった。

でも叶わない。

なんせ私は、彼の名前さえ知らないのだから。

だから彼の名を叫んで助けを呼ぶことも、私には……

『さらばだ、罪深き命よ』

黒竜が今まさにはばたかんと翼に力を込めた。

ああ、これで終わりだ、何もかも。

どうやら意識が混濁を始めたらしい。

地面に倒れ伏し、世界が終わるさまを眺める私の視界に彼の背中が映った。

頭巾をかぶって、口元を布で覆い、ただの棒切れを構えた憧れの彼が。

ああ、この期に及んでなんと女々しい夢を見るのだ、私は。

まぁ最期くらいは、いいか……

幸せな幻の中で、彼はすさまじい速さで黒竜の下まで駆けつけると、天高く飛び上がった。

高く、高く、それこそ見上げんばかりの黒竜の頭上まで。

『え？』

黒竜がそこで初めて彼の存在に気が付き、間抜けな声をあげた。

一方で彼は、空中で棒切れを振りかぶる。

……ん？　幻覚にしてはやけにリアルな……

私がそう思った直後のことだった。

彼の振りかぶった得物が、きらんと光を放った。

それは単なる棒切れが光速を超えた合図。

光の尾を引いて振り下ろされたそれは、さながら流星のごとく黒竜の眉間へ。

そして次の瞬間、彼は叫んだのだ。

「――近所迷惑だろうがこの野郎!!」

『エ゛ンッ゛!?』

――それは、単なる棒切れとは思えないほどの凄まじい爆音と衝撃をもって、黒竜を叩き伏せた。

黒竜のもたげた首が引きちぎれんばかりに伸びきって、そのまま地面へとめり込む。

再び、世界がひっくり返るほどの衝撃。

「――っ！？！」

私は咄嗟に顔を覆う。

この時の衝撃波で吹き飛ばされた成人男性ほどもある瓦礫の一つ一つが、私の頭上を飛び越えていった。

更にこれを受けて、周囲の木々が文字通り根こそぎ倒れる。

最後――信じがたいことに衝撃の余波が直上の雲を円形にくりぬいてしまった。

魔法でもない、伝説の剣でもない。

ただの棒切れによる一撃が、魔竜を打ち倒し、空に穴をあけてしまったのだ――まるで、夢のような光景。

しかし夢ではない、幻でもない。

ルシルは自らの身体を蝕む死の病の苦痛さえ忘れて、彼の背中を目で追っていた。

彼は、何事もなかったかのように着地すると、まるで一仕事終えたようにぱんぱんと手を払う。

「……ったく、鬱陶しい蛾だな、洗濯物干してるんだからやめろよ」

ぴくりとも動かなくなった黒竜を見下ろして、彼は面倒くさそうに言う。

頭に巻き付けた白頭巾、口に巻いたバンダナ。

そしてエプロンを身に着けた彼が――「あ、あなたは……」

私は最後の力を振り絞って、彼を呼びかける。

彼は、ゆっくりとこちらに振り返り、先端に〝クモの巣〟の絡みついた竹箒を携えて、こちらへ歩み寄ってくる。

そしてその場にしゃがみこむと、湯気の立ち上る水筒を差し出して優しく尋ねかけてくるのだ。

「ルシルさんなんか具合悪そうだな、ハーブティー飲むか？」

ああ、憧れの人はあなただったんですね……

ルシルはその時、初めて誰かの前で涙を流した。

第7話「最強大家さん降臨」

なんとなく、悪い予感はしていたのだ。

最近少し空気が乾燥していたし、季節の変わり目ということもあって昼夜の寒暖差が激しかった。

そう考えると、ルシルが俺に握手を返さなかったのも、返答がそっけなかったのも、どこか元気がなかったのも、全部納得できる。

彼女はつんけんしているように見えたのだが、実際は違ったのだ。

まったく、取り急ぎクモの巣を片付けて、着替えもせずにそのまま駆け付けた甲斐があったというもの。

——まさか、ルシルがモンスターの前でダウンするほどのひどい風邪をこじらせていただなんて！

「まったく、本調子じゃないなら早く言ってくれよ」

俺は水筒のフタに、湯気立つハーブティーを注ぐ。

いつも作りすぎてしまうので残りを水筒に入れて携帯しているのだが……全く、自らの用意の良さが怖い。

俺は、これを満身創痍のルシルへと差し出した。

「これは……」

「自家製のハーブティー、これが結構効くんだよ、鼻づまりとか一瞬で治るし、ほら冷めない内に」

「こ、心遣いはありがたいが、私はもうすぐ死ぬ……」

「バカ、風邪で死ぬやつがあるか」

まったく、見かけによらず弱気なヤツだな。

俺はぐったりしたルシルを抱え起こすと、半ば無理やりハーブティーを飲ませる。

住人の体調に気遣うのも、大家さんの役目だ。

彼女は最初ためらうような素振りを見せたが、恐る恐るこれを口に含んで……ごくりと一口。

するとどうだ。

ルシルは一度目を見開いたかと思えば、まるでむしゃぶりつくように、ごくごくとこれを飲み干してしまったではないか。

うん、よほど喉が渇いていたと見える。

そしてここからが俺特製ハーブティーの本領発揮だ。

彼女の青ざめた肌がみるみる内に朱を帯びていく。

これを飲み終えた時、彼女はすっかり元の調子だ。

「う、嘘だ……身体が、身体が軽くなった⁉」

「だろぉ？」

にんまりと笑う。

俺の自家製ハーブティーにかかれば流行り風邪程度は即時快復！

商品化したら絶対売れるだろこれ！　大家業より儲かったりするんじゃねえの⁉

なんて天狗になってみる。多分無理だろうけど。

「間違いなく死の間際であったはずなのに……！　どのような調合をすればこのようなポーションが!?」

「見かけによらずおだてんの上手いなぁルシルさん、ウチに帰ればいくらでもあるから好きなだけ分けてやるよ！」

「いくらでもあるのか!?　これが!?」

そんな食い気味に……よっぽどハーブティーが気に入ったんだなぁ、ルシル。

嬉しいから帰ったら量産体制に入ろう。

これでただの社交辞令だったら俺一人で泣くからね。

「……あ、いや！　そうではない！　大家殿！」

「はい？」

「どうしてそれだけの実力を持ちながら、空白級《ブランク》などという嘘を!?」

「……実力？」

「こっ、黒竜を一撃で倒してしまっただろう!?　しかもその、竹箒で！」

「……黒竜ってなに？」

「アレに決まっているだろう！」

一転して元気になったルシルが、震える指で地面に頭をめり込ませたままぴくりとも動かなくなった例の不快害虫を指している。

あれが、黒竜？

……はは、ルシルも冗談とか言うんだな。

「いいかいルシルさん、あれはな、でかめの蛾だよ」

「でかめの、蛾!?」

そんな目玉が飛び出そうなぐらい驚かなくても。

もしかしてルシル、都会育ちで蛾とか見たことないのかな？

それならちゃんと説明しないとな。

「黒いし、羽があるし、鱗粉を飛ばしてただろ？　蛾っていうんだよ、あれは」

「蛾が喋るか！」

「このへんの蛾は、大体喋るんだよ」

「何故そんな嘘を!?」

「大体、竜なんて大層なもの、空白級《ブランク》の俺が倒せるわけないだろ？　しかも箒で」

「かっ……!?」

へらへら笑いながら言ったら、彼女は言葉を失ってしまった。

彼女は何をそんなにはしゃいでいるんだ……？

一瞬、病み上がりで混乱しているだけかと思ったのだが、少し考えてみて、ぴんときた。

俺は優しげに笑みを浮かべて、ぽんと彼女の肩を叩く。

「ルシルさん……心配しなくても、俺は言いふらしたりしないし、こんなの数の内に入らないって」

「は……？　大家殿は一体なにを……？」

「だからさ」

俺はできるだけ彼女を傷つけないように、微笑んで言った。

「……ルシルさんは風邪で本調子じゃなかったんだ、だから空白級《ブランク》の俺でも倒せるでかめの蛾に負けそうになってたことなんて、ノーカンだと思うよ、俺」

「ああああああああっ！！！」

彼女は自分の中の何かが切れてしまったかのように叫んで、ワシワシと頭をかきむしった。

う、なるべく傷つけないように言ったつもりだったのに。

次からはもう少しオブラートに包んだ言い方にしなくては……

と、その時である。

『……蛾？　ハーブティー？　空白級《ブランク》？？』

地中からくぐもった声が聞こえてくる。

その直後、どかあああんと盛大な音を立てて、例の〝でかめの蛾〟が、地中に埋まった頭を引き抜いた。

『――貴様のような空白級《ブランク》がいるかあああっ!!』

「うわ、まだ生きてたのかよ……」

やっぱり山の虫は無駄にしぶといな……

『な、なんだその一度潰した虫けらでも見るような、ちょっと嫌そうな目は!?』

「……その言葉の通りですけど」

『があああああっ!?　我は竜！　ドラゴンなるぞ!!　蛾ではない!!　厄竜パンデアである!!』

「いやなんでお前までルシルさんに話合わせるんだよ、せっかく話がまとまりかけたのにややこしくなるだろうが」

『何故!!　我が!!　人間なんぞに!!　気を遣うのだ!!』

何が気に障ったのか地団太を踏む、なんとかパンデアとかいぅ果物の品種みたいな名前をしたでかめの蛾。

俺としてはただただうるさいなぐらいにしか思わないのだが、どうやらルシルはそうではないらしい。

せっかくよくなった顔色が、さああっと青ざめる。

「ま、まずいぞ大家殿!　ヤツの逆鱗に触れてしまったらしい!　このままでは世界が……!」

「大袈裟だなぁルシルさん、でかめの蛾だってば」

『――もう殺す!!　根こそぎ殺す!!』

パンデアが怒り心頭といった具合に、大きく翼を広げる。

またそれか……

『かかかか!　一瞬焦ったが、どうということはない!　どうやらそのバカげた効能のポーションにも限りがある様子!』

「いや、部屋に戻れば山ほどあるけど……」

『限りが!!　ある様子!!』

頑なだなぁ。

『――ならば問題ではない!!　その小さな器に収まったポーションが尽きるまで我が死の霧を浴びせるまでよ!!』

「……（洗濯物が汚れるから）できればやめてほしいんだけど」

『かかか！　もう遅い！　さらばだ罪深き命よ！』

パンデアがはばたきの予備動作に入る。

……また無遠慮に鱗粉を撒き散らす気か。

「大家殿!!　ヤバい！　ヤバいぞ!?」

ルシルがキャラに見合わず焦り切った口調で俺の肩をがくがくと揺らしてくる。

確かに、ヤバいな。

あれだけでかい蛾のばらまく鱗粉だ、洗濯はやり直し必至、窓も汚れてしまう。

そんなの御免被る。で、あれば――

「大家さんの本領発揮だな」

俺はエプロンのポケットに仕込んだ大家七つ道具の一つを取り出す。

それは一本の――筒。

『かかか！　今更どんなマジックアイテムを取り出そうが遅いわ！　我が放つ死の霧はごく微細の粉塵！　これを防ぐ手段などはない！　終わりだ！』

ばさり、とパンデアがはばたく。

それと同時に押し寄せてくる鱗粉の津波。

「う、うわあああああっ！！！？」

ルシルが悲鳴をあげて身構えた。

確かに、これは女の子にとっては相当ショッキングな光景だろう。

だからこそ俺は、筒のフタを開け放ち、その中身をパンデアめがけてぶちまけた。

『かかか!! 無駄だと言っておろう！ さあ苦痛に悶え、死ぬがよ……ん!?』

パンデアが驚いたような声をあげる。

ルシルもまた同様に、目を丸くしていた。

――なんせ、パンデアの放った鱗粉が一つ残らず消えてしまったのだから。

『な、我が死の霧が……!? き、消えてゆく!?』

「お、大家殿!? 一体どれだけ高位のマジックアイテムを……!?」

「茶殻」

『「茶殻ァ!?」』

パンデアとルシルの声がハモった。

ふふん、でかめの蛾でさえ驚嘆せざるを得ない家庭の知恵。

これぞ大家さん七つ道具の一つ「ハーブティーの茶殻」だ。

「普通捨てるしかない出涸らしの茶殻も再利用すると上手い具合に埃を吸いつけてくれるんだよな、掃き掃除の前に床にばらまいておくと埃が立たなくていい感じになる、タメになったでしょルシルさん……ん？ どうしたのへたり込んで？」

「ちゃ、茶殻……」

そんなに驚いたのか？

まぁ俺も前大家さんにこれを教えてもらった時はびっくりして腰を抜かしそうになったけど、本当に腰を抜かすほどではなかったぞ。

ちなみにこれは普通の茶殻でも可能だが、俺の自家製ハーブティーの茶殻でやると何故か効果が数倍に跳ね上がる。

これも前大家さんの直伝の知恵。

ありがとう前大家さん、おかげで洗濯の手間が省けたよ。

『ちゃ、茶殻なんぞで我の死の霧が……あらゆる生命に死をもたらす災厄が……』

パンデアもよっぽど衝撃だったのか、よろめいている。

受け売りだから、そこまで驚かれるとバツが悪いな……

『み、認めん！　認めんぞ!!』

パンデアが、再びはばたく。

二度、三度、四度……何度やろうが茶殻をぶっかけてやるだけだ。

しかし、どうも様子がおかしい。

彼から放たれた鱗粉は舞わず、まるで意思を持っているかのようにパンデアの頭上に集まっていって――黒い塊を成したではないか。

「あ、あれは！　霧が……!?」

『かかかかかっ！　これならば防げまい!!　食らえば神話級《ミソロジー》モンスターでさえ屈する死という概念そのもの!!　どうだ！　圧巻だろう!?』

「……汚っ」

『死ね！』

なんとまぁ端的な――と、その直後黒い塊が俺の頭上へやってきて、まるで滝のように鱗粉が降り注ぐ。

「大家殿ぉぉぉぉ!!?」

『かかかか!!　直撃だ！　今度こそ終わりだ！』

ルシルが悲鳴をあげ、パンデアが高笑いをする。

やがて、真っ黒に塗りつぶされた視界が晴れ——俺はその場に佇んだまま、不快に満ちた表情で、パンデアを睨みつけていた。

そして一つ。

「……けほっ」

『けほっ!?』

パンデアが驚愕の声をあげた。

……まったく、抗議の意を込めて一つ咳き込んでみせたのだ。

申し訳なさそうな顔の一つでもすれば許してやってもよかったが……もういい、さすがに堪忍袋の緒が切れた！

「覚悟しろ不快害虫め！　少しだけ本気を見せてやる！」

俺は竹箒の柄を右手でなぞりつつ、強化魔法を付与していく。

前大家さん直伝の、えーと、名前忘れたけどなんかスゲー魔法を！

俺の手を伝って、竹箒に魔法が刻み込まれてゆく。

これにより、竹箒が目も眩まんばかりの光を放ち始める。

光が限界まで高まり、もはや竹箒の輪郭のみが分かるようになった段階で——俺はパンデアめがけて駆け出した。

「――大掃除の時間だパンデア！」

『え、ちょ、嘘!?　我、箒で!?　……というか、その光、神性の……！』

問答無用。

俺は全速力でパンデアの懐に潜り込み、そして低く箒を構える。

これが俺の、少しだけ本気の一撃!!

俺は東洋の侍さながらに箒を振り抜いた。

縦一閃――それはまさしく昇る朝陽がごとく光の軌跡を描き、パンデアの身体を飲み込む。

『お、お前のような大家がいるかあああああ！！！』

それが彼の最期の言葉であった。

パンデアの身体は細胞一つ残さずに分解され、そして光の柱に乗せられて、そのまま天へと昇って行ったのだ――

第8話「帰ってきた前大家さん」

天まで届く光の柱が収束する。

光の粒子が空気中に溶け、静寂が訪れた。

後には塵ひとつ残らず、これを見届けた大家殿は一仕事終えたように「よし」と一言。

「帰るか」

箒についた埃を軽く落として肩に担ぐ。

強化魔法はすでに効力を失い、竹箒はすでに何の変哲も無いソレに元通りだ。

私は、この夢のような光景を前に呆然とするほかない。分からないことだらけだ。

しかし、ただひとつ確実なこと。

勝ってしまった。

自らを空白級《ブランク》と評する彼が、災厄にも例えられる神話級《ミソロジー》モンスターを、いとも簡単に滅してしまったのだ。

「お、大家殿！」

考えるよりも先に口が動いていた。

「うん？」

と彼がどこか間の抜けた声をあげる。

白い頭巾と口元に巻いた赤いバンダナ、そしてエプロン姿。

一部始終を目の当たりにしていた自分自身でもにわかには信じられない。

彼がつい今しがた世界を救った、などとは。

だからこそ私は声を大にする、いや、大にしなくてはならないのだ!!

「お、大家殿は何も思わないのか!?」

「なにが?」

「あれだけのモンスターを倒したことについて、だ!!」

「――それは心外だな、ルシルさん」

「っ!?」

その言葉を皮切りに大家殿の発散する気配が一変する。

やはり、大家殿は――!

「さすがに害虫一匹駆除したくらいではしゃいだりするほどアホじゃないよ俺、はは」

「あああああああ!!!」

絶叫しながらがしがしと頭を掻きむしった。

何故だ!? 何故こんなにも噛み合わない!?

「ま、偉そうなこと言ったけど、確かに俺もこのアパートに来た当初はめちゃくちゃ苦戦したっけなぁ……さすがにしょっちゅう駆除してたら慣れたけど」

「しょっちゅう、あんなのが!?」

「週に一、二匹かなぁ、多い時は二日に一匹……あ、もしかしてルシルさん虫嫌いだった?」

彼は一体何を勘違いしているのか、心配そうに尋ねかけてくる。

――愕然とした。

あんな災厄の化身じみた神話級《ミソロジー》モンスターが週に一、二匹？　多い時は二日に一匹??

それはすなわち、このグランテシア大陸が週一から週四のペースで滅亡の危機に瀕している、ということだ。

そして目の前の彼は、その度に世界を救っている。

まるでちょっと庭先の掃除でもするような感覚で。

人知れず、そしておそらく自分さえ知らず――彼は救世を繰り返しているのだ！

「――大家殿！　何故あなたがそんな勘違いをしているのかは知らないが、あなたは決して空白級《ブランク》などではない！」

「……ん？　どういうこと？」

「だから大家殿！　あなたは神話級《ミソロジー》さえ超越したまったく新しい等級の――！」

伝えなければ、という使命感があった。

しかしその言葉は、喉のあたりまで出かかって――そこで止まる。

いや、厳密には止められた。

まるで気配だけで首をへし折られるような、そんな無際限の殺気を背中で感じて。

「ひぃっ!?」

私は思わず情けない悲鳴をあげて振り返る。

一体、どんな化け物が私の背後に――!?

しかしそこに立っていたのは、私の予想に反して頭から狐耳を生やした和装の少女。

大家殿は彼女の姿を認めるなり、親しげに話しかける。

「──あれ？　前大家さんじゃないですか」

そして「前大家さん」と呼ばれた彼女は、にまりと目を細めた。

「久しぶりじゃのうオルゴ、調子はどうじゃ？」

「ぼちぼちですよ、それにしても前大家さん今は旅行中では？」

「なあに、ちょっと野暮用があっての、ところで……」

前大家さんがこちらに振り返る。

糸のように目を細めてこちらを見上げる彼女は一見愛らしい少女のようだが──違う！

私の中の竜の血が今までにない大音量で警鐘を鳴らしている！

なんだ、この少女の皮をかぶった化け物は⁉

「……そこの娘っ子は、新しい住人かの？」

「ええ、今日からイナリ荘に」

「そうかそうか、……時にオルゴよ、ワシは久しぶりにおぬしの淹れたはーぶてぃーが飲みたいのう」

「大家さんが進んでハーブティーを飲みたがるなんて珍しいこともあるのですね、水筒に残りがありますが？」

「淹れたてが飲みたいのう、熱々が飲みたいのう、というわけでオルゴ、先にイナリ荘に戻って用意してくれんか？　ワシはこの娘っ子にちと用があるのでな、後で向かう」

「……まぁ、前大家さんがそう言うなら」

大家殿がしぶしぶと踵を返す。

私は徐々に遠くなる大家殿の背中を見つめながら――その場を動けずにいた。

待ってくれ大家殿！　この化け物と二人にしないでくれ！

本心ではそう叫びたくてたまらなかったのだが、喉が引きつって声すら出なかった。

「さて……と」

大家殿の背中が見えなくなるのを確認して、前大家さんがこちらへ向き直る。

そして、口元をにたりと吊り上げて

「――邪魔者も消えたことじゃし、がーるずとーくとしゃれこもうではないか、なぁ、竜の血を引くシルイット家の次女、ルシル・シルイット嬢よ？」

助けてくれ大家殿、大家殿、大家殿……（エコー）

第9話「終止符級」

「――ここは世界の負債が最後に流れ着く場所、〝最果て〟と呼ばれておる」

一体いつこの細枝のような首をぺきりとへし折られるのかと走馬灯の用意をしていれば、前大家と呼ばれた狐耳の少女――テンコというらしい――は、例の邪竜が湧いて出た廃墟跡を指して言った。

「世界の負債……？」

私は恐る恐る問いかけた。

テンコ殿は「そうじゃ」と頷く。

「忌々しいことに、ここにはどこぞの無責任な英雄たちのツケが全て回ってくる、そういう場所なのじゃ」

「……意味が分からない」

困ったような私を見て、狐娘テンコは「こんこん」とやけに器用に笑った。

「そうさな、もう二千年も昔のことになるかのう、自らの狂気によってのみ神話級《ミソロジー》に達した邪悪な呪術師がおっての、ヤツ自体はさほど脅威でもなかったのじゃがな、厄介だったのはヤツがこの地に神殿を建て、これまた厄介な儀式をもって世界に干渉してしまったことじゃ」

「その儀式とは……？」

「無数に存在する平行世界にアクセスし、この地をあらゆる世界の果てとして再設定してしまったのじゃよ」

平行世界？　あらゆる世界の果て？

彼女の言うことはあまりにスケールが大きすぎて理解できない。

それを見て取ったのか、テンコ殿は「そうさなぁ」と思い出すように言った。

「そうじゃの、あれじゃや、おぬしはかつてグランテシアの地を闇に包んだ偽神グロコリウスを知っているか」

「……寝物語に、聞いたことがある」

偽神、グロコリウス。

本来存在しないはずの無貌の神。

のちに暗黒時代と呼ばれる、神の愛がもっとも薄れた百年間。

大地は荒廃し、悪行の数々が蔓延り、人々が信仰心を忘れたその時、ソレは無より生まれ落ちた。

偽神は意思を持たず、知性を持たず、ただ目につくものを食らい、肥大化し、傲慢極まった数多の旧神を呑み込んで、やがてグランテシアさえも己の一部にしようとした。

しかし……

「神話級《ミソロジー》の聖剣使い、ヴァルハイトが神々より賜りし聖剣で、グロコリウスに未来永劫解けることのない封印を施し、世界に平和がもたらされた……そう聞いている」

「それ、三ヶ月ぐらい前に復活しおったぞ、この場所で」

「……は？」

「まぁ、復活して2分でオルゴが消滅させてしまったが」

「はぁ!?」

思わず声を荒げてしまう。

この反応がよほど面白かったのか、テンコ殿はからからと笑った。

「こんこん、驚いたじゃろう、しかしそういうことなのじゃ、最果てとはそういうことじゃ、ここにはいかな封印も届かない」

「ま、待て、待て待て待て！　ではまさか世界の果てというのは……!?」

「――そう、ここでは何もかもが意味を成さない！　単刀直入に言おう！　ここは古今東西、現世界から異世界まで！　人類の手に負えず封印するほかなかった災厄の化身どもが溢れ出す地なのじゃ！」

「なっ……!?」

もはや言葉も出なかった。

古今東西、加えて異世界？

そんな膨大な可能性の中から、人類の手に負えず封印されたモンスターたちのみが噴き出す地、だと――？

「……で、では大家殿は……!?」

「もちろん、それをいとも容易く倒してしまうあやつは、断じて空白級《ブランク》などではない。災厄を打ち倒す者、神話を終わらせる者――神話級《ミソロジー》の更に上、終止符級《ピリオド》と呼ばれておる」

終止符級《ピリオド》――雲の上の話、どころではなかった。

あまりのスケールの大きさに思わずくらりときてしまったぐらいだ。

「ちなみにワシも終止符級《ピリオド》じゃ、オルゴはワシが育てた」

いよいよ膝をついた。

私は今日この日まで伝説級《レジェンド》の父以上に強い者など、目にしたことさえなかったのだ。

それが、世界すら滅ぼす神話級《ミソロジー》？

あまつさえそれを容易く滅する未知の等級、終止符級《ピリオド》が、二人？

——どうなっているのだ、あのアパートは!?

「オルゴはイナリ荘をただのオンボロアパートと思っておるようじゃが、あれは仮の姿、本当は国が作り出した対神話級前線基地じゃ、すなわちワシは大家であり同時に公務員であったということじゃの！　こーんこんこん！」

も、もう何がなんだか……

「しかしまぁ、さすがに二千年もこんなことを続けていればうんざりもする……だからワシは後継者を探した！　最も終止符級《ピリオド》に近い者を！　そして見つかったのがあやつ！　オルゴ・ノクテルだったのじゃ！」

「大家殿が……？」

「そう！　あやつは千年に一度の逸材じゃった！　これでワシも馬鹿げた責務から解放されると歓喜に打ち震え、根回しに奔走した！　……じゃが、一つだけ誤算があった」

テンコ殿は、苦虫でも噛み潰したような表情で言った。

「——ヤツはあれだけの潜在能力を持ちながら、語り草級《トピック》になって公務員ライフを送りたいなどとほざきおったのだ！　分かるか!?　ヤツにはないのじゃ！　これっぽっちも！　英雄願望というやつが！」

一体、どんな育ち方をすればああなるのじゃ！

そう言って、テンコ殿は地団太を踏む。

「だからこそワシがヤツを育てた、これは公務員になるために必要なことなのじゃと神話級《ミソロジー》でさえ裸足で逃げ出す地獄の稽古をつけてやった。その結果が今のオルゴじゃ！　自らを空白級《ブランク》と信じて疑わず、虫でも払うように神話の化け物共を滅する世界最強の終止符級《ピリオド》！　それがあやつなのじゃ！」

そして、今までで一番大きな「こーんこんこん」の高笑い。

なんと……なんとバカげた話なのだ！

救世の力を持ちながら、自らはそれに気付かず、世界を救い続ける彼が、こんなバカげた方法で作られただなんて!?

私が思わず言葉を失っていると、おもむろに、テンコ殿が顔を寄せてきた。

見上げんばかりの巨人が、その指先で私の細い首をつまむような、そんなビジョンが脳裏をよぎる。

「——そこで万に一つでもヤツのおめでたい勘違いが解けてみよ、ヤツのことだ、世界を救うなんてごめんだと逃げ出すに違いない、そうなるとワシはひじょーーーーーに困る、いや、それだけではない、今まで騙されていたと知って怒り狂ったオルゴがワシを殺しにきたとしよう、終止符級《ピリオド》同士の殺し合いじゃ、その時おぬしは世界の終焉をその目に焼き付けることとなろう、……分かるな？」

「は、はひ……」

もはや、肯定以外の選択肢など持ち合わせてはいなかった。

世界の命運をかけた肯定である。

要するに、あれだ。

もしも何かのきっかけで大家殿の面白おかしい勘違いが解けたら——その時、世界が終わる。

「と、いうわけで頼むぞ、ルシル・シルイット」

ぽん、と肩を叩かれる。

この時、私は自らの肩に世界そのものがのしかかってくるかのような錯覚を覚えた。

○

前大家さんのご要望に応え、ハーブティーを淹れるためのお湯を沸かしていると、ちょうど二人が帰ってきた。

「ただいまなのじゃ！」

「ただいま帰った……」

なんだか二人のテンションに大きな開きが見られるが……

まぁ、いいか。

「おかえり、はい前大家さん、ハーブティーですよ」

「やっぱりワシ緑茶が飲みたい」

「滅茶苦茶だなアンタ⁉　じゃあもうこれはルシルさんにあげるからな！」

前大家さんに突っ返されたティーカップを、そのままルシルへ差し出す。

ルシルはどこか逡巡するような間を作って、これを受け取ると
「ありがとう…………ありがとう」

「なんで二回？」

「……三回目は今度に取っておこうと思ってな」

「うん？　どういう意味？」

「……なんでもないさ」

そう言って、彼女は柔らかに微笑み、ハーブティーを啜った。

第10話「大家さんの一日」

「よし、こんなもんか」

ここは102号室、すなわち今日からルシルの住居となる場所。

数時間の奮闘の成果もあって、がらんのどうから見事躍進。

生活感が匂い立つ、とまではいかないが、人の住む場所、というのが分かる程度には仕上がった。

「……すまんな大家殿、引っ越しの荷解きまで手伝ってもらうとは」

「いいよ、どうせ暇だったし」

嘘である。

貧乏暇なし、日はすっかり暮れてしまったが、今日も今日とてやることは山積みだった。

それどころか何か忘れているような気もするが……

だがまあ、なによりも住人優先、それが大家の鉄則だ。

「前大家さんが手伝ってくれりゃ、もう少し早く終わったのに、茶飲んで油揚げ食べたらすぐまたどっか行っちゃったし、何しに来たんだよ、ホント」

「……あの狐耳の御仁は、よく来るのか……？」

「ん？　いや、俺にこのアパートを譲ってからはほとんど見ないかなぁ、たまにお土産を持って遊びに来るけど、どこに行ってるんだか」

「そ、そうか……」

心なしかルシルは少しばかり安堵したような様子だ、その真意は分からない。

「まあとりあえず住める状態にはなったな」

「重ね重ねすまないな、大家殿」

「お互い様だよ、じゃあ良い頃合いだし一服しよっか、いや、その前に暗くなってきたし照明を……」

俺は天井に取り付けられた照明魔具に手を伸ばす。

そして、ふと思い出した。

「あっ！」

俺が声を上げると直後、頭上からがちゃりと聞こえて、そして
ばたん！　どん！　ごどどど！　だん！

と、音が落ちてきた。

「な、何事だ!?」

ルシルが身構える。

俺はまさかの予感に顔を青ざめさせて、弾かれたように部屋から飛び出した。

すると、そこには
「――ああああ！　ごめんシェスカ！」

そこには、二階へと続く階段の直下で、逆さまになった状態からじとっとこちらをにらみつける
銀髪の魔女の姿があった。

「……嘘つき」

——シェスカの部屋の前の照明魔具を買い換えるのをすっかり忘れてしまっていた！

○

「——えーと、改めて紹介する、彼女はシェスカ・ネリデルタ、ベルンハルト勇者大学の三年生で……」

「よく騙される都合のいい女、というのも付け足してください」

「ごめんて！　本当にごめん!!」

俺とシェスカとルシル、この三人で照明魔具を買いに行く道すがらのこと。

俺はぱんと両手を合わせて頭を下げる。

シェスカはいつも通りの無表情だが、やはりその態度はいつにも増してツンケンしている！

「別に、気にしておりませんよ、大家さんが新しい女性にうつつを抜かして、昔の女との約束はすっかり忘れてしまっていたことなんて」

「ごめん！　本当にごめん！　だからその語弊のある言い方やめて!?」

「か、彼女が大家殿の、昔の女……？」

「ほらもうルシルさん真面目なんだからがっつり真に受けてるじゃん！」

「お初にお目にかかりますルシルさん、オルゴの前妻です」

「それはもう語弊とかじゃなくて虚偽だよ虚偽!!」

「ぜ、前妻……！」

「ルシルさんも真に受けないで！」

無表情でさらりと嘘八百を並び立てる悪戯好きのシェスカ。

そしてそれをいちいち信じてしまう素直なルシル。

この二人の間に挟まれた俺はというと――憔悴していた。

シェスカの機嫌が悪いのは、まあ理解できる。

ひとえに俺の職務怠慢のせいだ。

しかし何故――

「おらおらー、このでかい胸でおーやどのをゆーわくしたのかー？」

「しぇ、シェスカ殿!? む、胸を叩かないでくれ！」

「それともこっちかー、この引き締まった腹筋でゆーわくしたのかー、マニアックだなー」

「シェスカ殿！ 腹を叩かないでくれ！」

――何故、シェスカはルシルにばかり絡むのだ。

さっきからずっとこんな調子だ。

シェスカは彼女の何が気に食わないのか、ルシルの胸を叩いて揺らしたり、かと思えばルシルの見事な腹筋をぺちぺちと鳴らしてみたり。

この子、確かに不思議ちゃんの素質はあったが、こんなにだっけ……？

がっくりと肩を落とす。

ああ、慣れない土地だろうし案内も兼ねてとルシルまで買い物に誘ったのは失敗だったか……

ほら近所の奥様方がこちらに生暖かい視線を送ってくるじゃないか……

「あらあら大家さん、そちらの可愛らしい彼女は新しい学生さん？」

そう思っていたら、生暖かい視線を送る内一人が声をかけてきた。

可愛らしい、と評されあたふたするルシルのことは一旦置いておいて。

「こんばんは、ミルカおばさん、足の具合どう？」

「大家さんがくれたハーブティーのおかげで、ほらこの通り！　今朝から畑仕事もできるようになったのよぉ！」

「そりゃよかった、いくらでも余ってるから欲しけりゃ言ってな」

「いつもありがとねぇ、はいこれお礼」

そう言って、ミルカおばさんが小包を渡して来る。

おそらく、例によって中身は油揚げだ。

前大家さんの大好物だったので、皆なにかにつけてこれをくれる。

「で、そこのお嬢さんは？」

「る、ルシル・シルイットと言う、今日からイナリ荘に御世話になる者だ、よろしく頼む」

「あら勇ましい、おばさんの若い頃にそっくりだわ」

……冗談なのか本気なのかイマイチ分からない。

「大家さん、ちゃんと面倒見てあげるのよ、春先で変な人も多いんだから」

「なんかあったんですか？」

「いやねえ、最近このへんをいかにも怪しい男がうろついてるらしくてね、変質者かもしれないから」

「それは物騒だな」

確かに用心が必要だ、ルシルとシェスカにも気をつけてもらわないと。

「分かった、ありがとなミルカおばさん」

「いえいえ、じゃあね～」

ミルカおばさんに別れを告げ、俺たちは再び歩き始めようとした、……のだが。

ミルカおばさんが先陣を切ったのを見て、好機ととったのか。

俺たちを取り囲んでいたおじちゃんおばちゃん集団が一斉にこちらへ押し寄せてきたではないか！

「――大家さん！　こないだは屋根の修理手伝ってくれてありがとうね！　はいこれ油揚げ！」

「――よう大将！　景気はどうだい!?　この間はウチの娘が世話になったな！　これつまらねえもんだけどよ、〝砂喰い鮫鱇〟の肝だ！　酒のアテになるぜ！　あとこれ油揚げ！」

「――あら大家さん、あなたの言う通りに水をやる時間帯を変えてみましたら、お花がとっても元気になりましたの、はいこれ油揚げ、足りないと思うけど、ひと箱分」

かくして、俺は山のようにうずたかく積まれた油揚げ（あと酒のツマミ）を抱えながら、よろよろと歩く羽目になる。

ま、前が見えない……

「……大家殿は顔が広いのだな」

「そうでしょう」

「なんでお前が自慢げなんだシェスカ、……ま、大家業なんかやってると嫌でも顔も広くなるさ」

俺はそう答えて、にこりと微笑んだ。

ちなみに行きつけの魔具店で替えの照明魔具を購入した帰り道、またおばちゃん集団に囲まれて、今度こそ一人では持ちきれない量の油揚げを押し付けられたことについては、割愛しよう。

○

夜も深まった頃、数分の格闘の末にかちり、と照明魔具の上手くはまった音がする。

よし、これで設置は完了、あとは魔具の側面に記された魔術式へ、エンドマークを打って……と。

「よし、できたぞ」

ぴかりと、照明魔具があたたかな光を放ち、薄暗かった２０３号室前を照らし上げた。

うむ、照明ひとつで変わるものだ。

以前まではちかちかと点滅する照明が、いかにもお化け屋敷と言った風情だったのだが。

よっ、と俺は踏み台代わりの木箱から着地する。

「おお、これで私も二つ目のたんこぶを作らずに済みます」

「……ごめんて」

意外に根に持つタイプだなシェスカ……

「ではひと段落したところで、私はいつも通り出かけてまいりますので、ありがとうございます大家さん」

そう言って、シェスカはペこりと頭を下げ、踵を返す。

「またいつものアレか？」

「そうです、一日とて欠かしてはならないのです」

「シェスカ殿、こんな時間にいずこへ？」

ルシルが不思議そうな顔で問いかける。

ああ、そうかルシルは知らないんだもんな。

シェスカの代わりに、俺が答えた。

「夜練だよ」

「夜練？」

「シェスカは見ての通りの魔法使いなんだけど、いつもこれぐらいの時間になると、決まって魔法の鍛錬をしにいくんだ」

「それはまた……熱心なことだ」

シェスカが階段を下りながら、こちらに向けてブイサインを作っている。

おい、余所見してるとまた落ちるぞ。

「魔法の鍛錬は夜に限ります、集中力も高まりますし、心なしか魔力も充実します」

「それはお前が低血圧だからだろ」

「まあ、簡単に言ってしまえばそうですね、ではいってまいります、……大家さん、そこの胸の大きな彼女とくれぐれも間違いのないように」

「言ってろ」

冗談だか本気だか、そんなよく分からない言葉を残して、シェスカはそそくさとイナリ荘を後にする。

「あ、近頃変質者が出るらしいからな！　十分に気をつけろよ！」

「私はそこらへんの変質者ごときには負けませんよ」

ブイサインとともに残したその言葉を最後に、シェスカの背中は見えなくなった。

……まぁ確かに、午後の魔法使いこと御伽噺級《フェアリーテイル》のシェスカを、この夜更けに倒せるやつなんてそうそういないだろう。

「じゃあ、俺たちも解散するか」

「……大家殿、一つ聞きたいのだが」

「なんだ？」

「私は、シェスカ殿に嫌われているのか……？」

恐る恐ると言った風に、問いかけてくるルシル。

それがあまりに深刻そうな表情だったから、俺は思わず吹き出してしまった。

「な、なぜ笑う!?」

「ああ、ごめんごめん、でもそんな心配は無用だと思うよ」

シェスカは確かに愛想がない。

しかし同時に、悪いヤツではないのだ。

彼女は、ただ感情を表現する術を知らないだけ。

「これから仲良くなれれば、それが勘違いだったってすぐに分かるさ」

「そういうものか……」

考え込むようにルシル。

はぁ、ルシルは真面目だなあ。

ま、いいさ。

ともかくこれで今日の大家業も終了、あとは部屋に戻って、家計簿とにらめっこをするだけ……

そう思って、俺もまた階段を降りようとすると——部屋の前に、ある物を見つけた。

「あちゃあ、やっちまったなぁ」

「どうした？」

「……ああ、いやなんでもないよ」

俺は自らの部屋の前まで駆け寄って行って、地面に転がったそれを拾い上げた。

ソレは——小さな、鈴。

裏山にモンスターが出現したことを報せるベルだ。

普段は俺の部屋の天井に取り付けてある。

「さっき、シェスカが階段から転げ落ちたときの衝撃でとれたみたいだな……」

恐らくドアを開けた時に、気付かず部屋の外へ蹴り出してしまったのだろう。

危ない危ない、これではモンスターの出現が分からないではないか、すぐに取り付けなおさなくては。

俺はこのベルを握りしめて、ルシルに微笑みかけた。

「——じゃあ、おやすみルシルさん、また明日ね」

「ああ、おやすみ大家殿、今日はありがとう」

そうして、俺たちの一日が終わる。

第11話「午後の魔法使い」

――しかし、私ことシェスカ・ネリデルタの一日は始まったばかりなのです。

「ケル　オ　アルイ　クラナ　スパラ……ううん、駄目」

それは独自言語による超短縮詠唱。

私はこれを途中で打ち切り、手の内で渦巻いていた水のうねりを握りつぶしました。

ぱしゃあっと音を立てて、水が散ります。

「やっぱり独自言語での魔法制御は難しい……もう一つワードを追加して、いや、でもだいぶ惜しいところまできてるし……」

ああじゃない、こうじゃないと呟きながら、再び近くの小川へ水を汲みに行きました。

――ベルンハルト勇者大学敷地内、星見の丘。

私はいつもその場所で日課の夜練に取り組んでいました。

星見の名を冠するだけあって、そこは手が届きそうなほどに星が近く、そして静謐であり、魔法の鍛錬にはうってつけの場所だったのです。

しかし最近になって、その前提は崩れつつありました。

いったい誰が始めたのか、星見の丘はそのロマンチックさゆえに、うら若き男女たちが睦言を交わす場と化してしまったのです！

あっちにもカップル、こっちにもカップル。

中には……その、愛が極まりすぎたがゆえに、こ、事を起こす者たちさえ……。

とてもではありませんが、こんな場所で魔法を練るための精神の統一などはかれるはずがありません。

ゆえに、私は今日より場所を移しました。

星見の丘よりももっと静かで、人気がなく、なおかつ星に近い場所。

灯台下暗しとはまさにこのことを言うのでしょう。

ここなら、心置きなく魔法の鍛錬ができる上、家から近いときています。

ああ、なんで今までここに気がつかなかったのだろう。

——イナリ荘裏山、廃墟跡の存在に。

「よいしょっと……」

小川から汲んできた水の入ったバケツを足元に置く。

物体は基本的に液体に近ければ近いほど魔力を通しやすい。

水を用いて魔法の鍛錬をするのは、魔法使いの常道であります。

もう一度、やり直し。

バケツの中の水を手のひらで掬い、そして詠唱開始。

「ケル　オ　アルイ……」

詠唱と魔力放出に従い、手の内の水が僅かに震えだします。

もう、この時点で分かりました。

──さっきよりも全然集中できてない。

私は詠唱を打ち切り、そしてその場に座り込んで「はあああああ……」と大きく溜息。

「なんで、私はいつもああなんでしょう……」

思い出すのは、つい先刻のこと。

大家さんに嫌味を言ったり、新しい住人のルシルさんに意地悪をしたり。

ああ、どうして私は素直に物を言うことができないのでしょう。

絡まった糸の塊が、私の頭の中で延々と転がり回っているような、そんな気持ちです。

もとより、精神統一などはかれるほどの精神状態ではなかったのです。

「大家さんに、嫌われてませんよね……」

むろん、彼ならばそんなことで人を嫌いになったりなんてしない、なんていうのは重々承知です。

分かってはいます、分かってはいますが、口に出さずにはいられません。

何故ならば、それこそが私にとって最も避けたい可能性ですから──私はもはや何万回と思い出した、あの日のことを再び頭の中に思い描きます。

○

私がベルンハルト勇者大学へ入学するにあたり、四年間の住居としてイナリ荘を選んだ理由。

そんなもの、実はありません、というより思い出せないのが実際です。

考えられる理由は破格の家賃……いいえ、あまりしっくりこないので、もしかするとあみだくじでもして決めたのかもしれませんね。

住む家なんてどこでもよかったのです、だって、帰って寝るだけの場所でしょう？

だったらベッドと少しの着替えと、食料の備蓄さえ格納できれば、どこだっていいじゃないですか。

ルームコーディネイト？　温かみのあるご近所づきあい？

そんなのこれっぽちも興味がありません。

だって、大学とは勉強をするところでしょう？

——これが、大家さんに対する私の最初の言葉でした。

恐らく大家さんのことです。

「ここを実家だと思って、なんでも頼ってな」

とかなんとか言って、当時の私はその馴れ馴れしさについかちんときてしまったのでしょう。

大家さんは、これ以上ないほどに顔を引きつらせていました。

ちょうどいい、と彼が次の言葉を発する前に、私は踵を返します。

「し……シェスカちゃん？　こんな朝早くからどこに？　まだこの時間じゃ大学は開いてないと思うけど」

「決まっているでしょう、朝練です」

「朝練って……魔法の？」

「それ以外にありますか？　私は出来損ないの魔法使いですので、人一倍練習をしなくてはならないのです、そうでなくては伝説級《レジェンド》なんて夢のまた夢」

「い、いや志は立派だけどさ……朝飯は？　なんなら今からスープ作るけど……」

「いりません」

私はきっぱり言って、イナリ荘を後にしました。

何が朝飯だ、くだらない。

空白級《ブランク》で満足しているあなたの尺度で、私を測らないでほしい。

私には、そんな暇ないのだから。

でないと……

「っ……！」

不意に、くらりと眩暈がした。

まただ、また私の〝甘え〟が顔を出した。

私はほんの数秒ほどそこに立ち止まって、自らの〝甘え〟を押し殺す。

「伝説級《レジェンド》にならないといけないんです……伝説級《レジェンド》にならないと、私は弱いまま……！」

――私の父はひどく厳格な、御伽噺級《フェアリーテイル》の戦士でした。

父は、母が身ごもった時に、自らに続く戦士を育てようと楽しみにしていたらしいのですが、赤ん坊が女の子だと分かるなり、落胆を露わにしたそうです。

しかも私はどうやら魔法使いだった母の血を強く引き継いだらしく、戦士適正は皆無、オマケに病弱ときています。

ここまでくると父は、さすがにプランを変えました。

こうなったら、娘を強い魔法使いにする。仕方ないが、それしかあるまい。

こうして私は、戦士の父から、強い魔法使いとなるための特訓を受けることとなりました。

毎朝、父は日が昇らない内に私のことを叩き起こし、走り込みをさせました。

途中で音を上げたりしようものなら怒号が飛んできます。

それがあまりに恐ろしく、私は倒れるまで走り続けました。

丘を、山を、谷を。

走り込みが終われば、休む間もなくバトルアックスの素振りをぴったり千回。

他にも激流の川へ放り込まれたり、棒切れ一本でゴブリンと戦わされたり……とにかく色々やりました。

しかし、私は父の期待に沿うことはできませんでした。

いくら身体を鍛えても、一向に強い魔法使いにはなれないのです。

それが、父の苛立ちを加速させているような気もしました。

極めつけは私の〝甘え〟です。

私は頻繁に朝の走り込みで眩暈を引き起こして、倒れていました。

そんな私を見て、父は怒り狂って言うのです。

「――それはお前の精神の〝甘え〟の現れだ！　いつまで経っても強くなれないのも、全てその甘えのせいだ！　さあ立て！　寝てたって終わりはせんぞ！」

ああ、そうか、これは私の甘えなのか。

私は納得してまた走り始め、そして倒れ、その度に罵声を浴びせられました。

こういった訓練がひととおり終わると、一日三食、吐き出しそうになるほどの量の黒パンを食べさせられます。

そして日没後はすぐに就寝——

強い魔法は強い肉体から作られるんだ！

父はそう力説していました。

そんなこんなで私は18になりました。

等級認定試験はあと二年後——しかしながら私は未だ魔法使いとしての芽が出ていません。

ひとえに私の甘えのせいでしょう。

ひとえに私の弱い肉体のせいでしょう。

だからこそ、私は頑張って強い魔法使いにならないといけないのです。

強い魔法使い——それはすなわち父をも超える伝説級《レジェンド》。

眩暈に苛まれながらも、私は日課の朝練に勤しむべく歩みました。

——ここで、視界が暗転します。


——気が付くと、私は見知らぬベッドの上で横たわっていました。

窓から覗く景色は、すでに宵闇に染まっております。

「——っ!?」

私は飛び起きました。

私は——寝ていたのか!?　こんな時間まで！

お父さんに怒られる——！

「おはようシェスカちゃん、気が付いたか？」

しかし私にかけられたのは怒号ではなくそんな優しい言葉でした。

見ると、私の傍らには大家さんの姿があります。

「こ、ここは、私は何を……」

「俺の部屋だよ、シェスカちゃん、心配になってついてきたら道端で倒れてるんだもの」

倒れていた、私が？

ああ、また私の〝甘え〟が出てしまったのか⁉

私は激しく後悔しました。

これで一日分の遅れが出てしまった。

一日の遅れを取り戻すには三日の鍛錬が必要、これもまた父の口癖でした。

「言わんこっちゃない、朝飯ぐらい食わないからこうなるんだ、……ちょっと待ってなよ」

そう言って、大家さんが部屋の奥からある物を運んできます。

それは山盛りになった黒パン――などではなく、一杯のスープでした。

「ほら、温めなおしたから、どうぞ」

大家さんはスプーンを添えて、それをこちらに差し出してきます。

私はひどく困惑しました。

「た、助けていただいたことには感謝します……でも私はまだ今日何もしていません」

走り込みも、素振りも、激流に逆らって泳ぐことも、ゴブリンとだって戦っていません。

そんな私が食事をとるなんて、到底許されることでは……

そう思って表情を暗くしていると――不意に、大家さんが私の顔に触れ、両手の親指で下瞼を引き延ばしました。

「えっ、えっ⁉」

更に困惑します。

しかし一方で大家さんは納得したような表情で、頷きました。

「……うん、やっぱりシェスカちゃん、血圧低いね」

「け、血圧……？」

「うん、がっつり低血圧、朝、眩暈とかすごいでしょ？」

「なっ……どうしてそれが……どうして私の〝甘え〟が分かるんですか⁉」

「甘え？」

大家さんが訝しげに眉根を寄せて、そして言いました。

「バカ、これは体質だ、生まれつきのもんだ、シェスカちゃんが朝弱いのは甘えなんかじゃない」

「生まれつき……弱い……？」

私は自らの世界がぐらりと揺らぐような心地がしました。

甘えの方がよっぽどよかったはずです。

これは決して治ることのない私の弱さなのか。

そんなのまるで呪いのようなもので……

「……私は、伝説級《レジェンド》にはなれないのですか……？」

自然と口が動いていました。

しかし、この問いに対して大家さんは、実にさらりと
「――いや？　そんなことはないでしょ、だって朝弱いってことは、夜強いってことだし」

「え……？」

「やり方が間違ってるだけって話、朝に本調子じゃないなら夜練をすればいいじゃん」

そんなこと……そんなこと、父は一度とて言わなかった。

夜は明日の朝の鍛錬に備えて早く寝るものであり、決して、その時間に鍛錬をしろだなんて……

「まぁ物は試しだな、そうだ、火種の魔法を唱えてみなよ」

火種の魔法。

指先に小さな火種を出現させる初級魔法。

それぐらいなら……私は人差し指を立てる。

しかし、大家さんは「あ、違う」と首を縦にふって、自らの指を広げた。

「五本指で同時に、計五つだよ」

「い、五つ!?　そんな繊細な芸当、私はやったことが……」

「試してみなって、最悪ベッドをこ、焦がしてもいいから……」

全然「いいから」という顔ではないが……

そこまで言うからには仕方ない。

私は五本の指を立てて、頭の中で詠唱します。

すると――どうだ。

いつにも増して頭が冴え渡っている。

いつも濁り切っていた頭の中が、底抜けに透き通っているのを感じる！

次の瞬間、「ぽん」と音を立てて、私が立てた指の先全てに小さな炎が灯りました。

「成功……してしまいました……」

「だろぉ？」

大家さんが、にんまりと頬を緩めます。

「まあ空白級《ブランク》の俺が言うのもなんだけど、魔法ってのは要するに集中力だからな、いたずらに身体をいじめてどうにかなるもんじゃないんだ、適度なトレーニングが大事なんだよ」

「そう……なんですね……」

「だからほら」

大家さんが再度スープの皿を差し出してきます。

「気休めかもしれないけど食材にこだわった大家特製の低血圧改善スープ、病み上がりだから、これぐらいでちょうどいいだろ？」

大家さんが、優しげに微笑みかけてきます。

私は夢見心地にこれを受け取りました。

そして小さく「……いただきます」と呟いて、スプーンで一口。

──この時私は初めて、食事とは温かいものなのだな、と知りました。

スープを一口、また一口と啜りながら私は考えます。

彼は私が眠っていても、怒声で叩き起こしたりはしませんでした。

それだけでなく、彼は私が目を覚ますと、怒鳴りつけるのではなく「おはよう」と優しく微笑みかけてくれます。
戻してしまうほどの黒パンを食べさせることも
それは甘えだと一喝することもありません。
なら
「美味しい……です……」
——なら、私が彼のことを好きになってしまうのは、当然のことでありましょう。

第12話「この世ならざる者」

その日を境に、私は生まれて初めて父の教えに逆らい、毎日欠かすことのなかった朝練をやめました。

代わりに、大家さんの提案通り夜練を始めたのです。

朝、日の高いうちはベッドで過ごし、日が傾き始めた頃に目覚めます。

そして夜半ようやく家を出て、魔法の鍛錬に勤しみました。

きっと父が今の私を見たら「なんと自堕落な！」と憤慨することでしょう。

しかし、これまたどうして——ひどく効率が良いのです。

今までは朝練の度に、頭の中に薄い靄がかかっているような、そんな感覚がありました。

父はこれを私の甘えと評していましたが、どうもそういうわけでは無いらしいのです。

なんせ、頭が冴え渡って仕方がありません。

魔法の冴えはもちろんのこと。

夜の私には、数々の高難易度魔法を発現することが叶いました。

更に私は——実家にいた頃は夢にさえ見ることのなかった、独自言語による超短縮詠唱さえ編み出してしまったのです！

鍛錬が楽しいと思ったのは生まれて初めてです。

時にはつい興が乗りすぎてしまって、明け方へとへとになって帰宅することもありました。

しかし、そういう時決まって大家さんは
「おはようございま……うわっ!?　シェスカお前こんな時間まで夜練してたのか!?　もう朝だぞ！……まったく、ちょっと待ってろ！　ハーブティー入れるから！」

そう言って、早朝の庭先掃除を中断してまで、私のためにハーブティーを淹れてくれるのです。

この時のハーブティーの温かさときたら。

朝の冷え込みにあてられた身体が、芯からほんのりと温められました。

それにどんなに辛い鍛錬の後でも、大家さんがにっこり笑って挨拶をしてくれるだけで、疲れなんか吹き飛んでしまうのです。

イナリ荘に帰れば、いつだってそこには大好きな大家さんがいて、「おかえり」と私を出迎えてくれる。

それだけで私は頑張れました。

このようにして私は大学生活の二年間を過ごし、そして等級認定試験の日がやってきました。

「――落ち着いてやりゃあ大丈夫、シェスカは強いからな、じゃあいってらっしゃい！」

彼に笑顔で送り出されると、私の些末な緊張なんかどこかへ飛んで行ってしまいました。

しかし肝心の認定試験では……正直に言って、あまり実力を発揮できませんでした。

試験自体がまだ日の高い内に行われたからです。

独自言語による超短縮詠唱が試験官たちに評価され、御伽噺級《フェアリーテイル》の等級が与えられましたが、もし試験が真夜中に行われていたらと思うと……いえ、やめましょう。

だって、

「──御伽噺級《フェアリーテイル》!? スゲーじゃんシェスカ! よっしゃ今日はお祝いだ! 肉食おう肉!」

大家さんがまるで自分のことのように喜んでくれたのですから。

それだけで、十分なのです。

でも……

○

「私は大家さんに何も返せていません……」

再び、深い溜息を吐き出します。

こんなにも星の綺麗な夜なのに、憂鬱でした。

大家さんは私に新しい可能性を。

そして初めて〝帰りたいと思う〟家を与えてくれました。

なのに私とくれば大家さんに何も返せていません。愛想の一つだって振りまくことができないのです。

あまつさえ今日の一件──私は、お世話になった大家さんになんてことを……

バケツの中にある月の輪郭を、人差し指でなぞります。

「……」

新しくイナリ荘へやって来たルシルさんのことを思い出しました。

彼女はとても美人で、凛々しく、それに私よりもずっと素直に感情を伝えられるのでしょう。

翻って笑顔すら満足に作れない、可愛げのない私……

自己嫌悪に押し潰されそうになります。

ああ、私は一体何をやっているのでしょう。

私は今二年生、すなわちあと二年したら大学を卒業して、イナリ荘を出るのです。

こんな調子じゃ、あと二年でどうこうなんて……

……堂々巡りの思考を打ち切ります。

人の気配を感じました。

複数人が、坂道を上ってここへ向かってきています。

「あぁー……この坂道だっる、めっちゃ膝痛いんけど」

「これでお化け出なかったらマジ無駄足だな」

「おっ、スゲー廃墟だ、雰囲気それっぽくね？」

廃墟跡に姿を現したのは、若い男の三人組でした。

私は見覚えがありませんが、おそらくベルンハルト勇者大学の学生でしょう。

面倒そうなのが来たな、と内心思っていると、男の内一人がこちらを指さしてきました。

「って、待って待って待って！　アレ幽霊じゃね⁉」

「うわ、マジかよ！」

「いやお前ら目腐ってんのか、どー見ても生きてんだろうがあの子、もしもーーーし！」

更に内一人が、こんな夜更けにも関わらず、大声でこちらに呼び掛けてきました。

……正直、物思いに耽っているところを邪魔された挙句、幽霊扱いされて指をさされた時点で、彼らにはあまり良い印象は持っておりませんでした。

せめてもの礼儀としてぺこりと会釈だけはします。

ですが彼らはこの会釈で、一体何を勘違いしたのか、揃ってこちらへ駆け寄ってきました。

「おお！　めっちゃ可愛いじゃん!?　魔女!?　魔女っ子!?」

「ちーっす！　俺ら大学生でーっす！　肝試しにきましたぁ！」

「おねーさんも肝試し？　一人だと怖くない？　俺らとどう？」

そして矢継ぎ早に声をかけられます。

私は、一つ小さく溜息を吐きました。

どうして、大学生というのはこうなのでしょう。

「すみませんが、私別に用事がありますゆえ、肝試しならどうぞお好きに」

「はは、どうぞお好きにだってさ、声もかわい〜〜」

「つれないこと言わないでよ、なっ、幽霊怖いっしょ、幽霊」

こちらの言葉など意にも介さず、ひゃひゃひゃひゃ、と知性を感じさせない甲高い声で笑う三人組。

彼らの吐息に混じって、つんと刺すようなアルコール臭。

……もう付き合いきれません。

場所を移動することにしましょう。

これだったらカップルまみれの星見の丘の方がまだマシというものです。

そう思って踵を返すと——ふと、男の一人が私の腕を掴みました。

「待てって言ってんじゃんさぁ、俺らと遊ぼうって」

――我慢の限界でした。

「――ケル　オ　アルイ　クラナ　スパラシーア！」

超短縮詠唱。

これにより水のたっぷり詰まったバケツが、「バンッ！」と音を立てて吹き飛びました。

吹き飛んだ先には、男の伸ばした腕が――

「うおっ、危なっ⁉」

男は咄嗟に腕を引っ込めて、かろうじてこれを躱しました。

まぁ、躱せるように速度を調整したのですが。

「まだ警告だけにしておきます、これ以上は正当防衛ですからね」

「このアマ……」

本当に、ただの警告のつもりだったのです。

しかし私の物言いが癪に障ったのか、男はこめかみに青筋を浮かべました。

「もーいいわ、まだるっこしいわ、さっさとヤッちまおうぜ、肝なんか試すより、別んとこの具合試す方が好きだろお前ら」

男がそう言うと、他の二人が下卑た笑みを浮かべながら、構えをとりました。

……では、ここからは正当防衛ですね。

「おねーさん、喧嘩売る相手間違えたね、俺ら三人とも語り草級《トピック》拳士なんだわ、もうさっきみたいに詠唱してる暇なんてないよ、多分」

「そうですか、ご忠告ありがとうございます、あまり興味がありません」

「このクソアマ！」

男が拳を振りかぶって、飛び掛かかる。

確かに拳士相手にこの間合いでは、詠唱している暇なんてないでしょう。

もっともそれは同等級の場合に限るので、彼らよりひとつ上の等級、御伽噺級《フェアリーテイル》である私は、そんなこと関係なく魔法でねじ伏せることができるのですが……

まぁどちらにせよ詠唱なんてしません。

彼ら程度に魔法を使うなんて、もったいない。

私は突き出された拳を、ぱんと払いました。

「えっ？」

そして間抜け面を晒す彼の鳩尾へ、すかさず肘鉄。

ぶっ、と汚い声をもらして、男がその場に蹲ります。

「な、なんだ今の身のこなし⁉　コイツ魔法使いじゃねえのかよ⁉」

「ええ、魔法使いですよ、ただそちらも少し齧ったことがあるので」

戦士である父から教わった護身術。

どうやら、私の身体はあの地獄のような特訓の日々をまだ覚えていたようです。

「く……そ、舐めやがって……！　もう許さねえ！　まずはその生意気な顔からボコボコにしてやるよ！」

男はすでに怒り心頭といった具合で、目を真っ赤に充血させながら、こちらを睨みつけています。

さすがに大の男、それも拳士である彼らに純粋な腕力では敵いません。

こうなっては少々手荒な魔法を使ってでも、気絶させるしかありませんか……

頭の中で新たな超短縮詠唱のフレーズを組み立てます。

……よし、できた。

体術でいなし、僅かな隙を突いての超短縮詠唱。

さあ、かかってきてください。

私は構えをとり、迎撃の態勢をとります。

……しかしいつまで経っても彼らはかかってきません。

その場に立ち止まって、そのまま動かなくなってしまったのです。

「……？」

何か様子がおかしい……？

私はぎゅっと目を凝らしました。

そしてしばらくしてソレに気付き、声にならない悲鳴をあげました。

「なっ――⁉」

なんと――三人の男が〝石〟になっているのです！

比喩ではありません、文字通りの石像に。

さっきまで喋って、動いていた彼らが、どういうわけか突如石になってしまったのです！

「――アッハ、きったないお地蔵様だね～～、ＹＵ－ＲＩチャラい男って嫌～～い☆」

「っ⁉」

背後から声が聞こえて、私は咄嗟に飛び退きました。

ほとんど反射的な回避行動です。

そこには、私が今までに一度も見たことのない——珍妙としか言えない出で立ちの女性が立っていました。

明るい茶髪に、頭頂部から生えた丸い獣耳。

恐らくは獣人でしょうが、なにより目を引くのは彼女の服装。

首に下げているのは……金属でできた耳当てでしょうか？　細長い紐のようなものが伸びています。

そしてあの真っ白で、大きめのフードが付いた上衣はなんでしょう？

スカートとシューズはかろうじて分かります。

しかし彼女が身に纏うそれらは、一つとして材質が不明でした。

いいえ、いいえ、そんなことを言っている場合ではありません。

もっと驚くべきは——彼女の五体から発散される無尽蔵の魔力です！

とぼけた口調ですが、彼女のソレと私のソレを比べるのは、いわば大海と水たまりを比するようなもの！

「誰ですか……あなたは……？」

恐る恐る尋ねかけました。

彼女は「ん～～？」とまるで童女のように首を傾げて、こちらを覗きこんできます。

「まず自分から名乗るのが礼儀だと思うな、はい、ぽんぽこりん☆」

彼女が、ひらりと指揮棒のように指を振ります。

すると――

『シェスカ・ネリデルタです、よろしくお願いします』

――私の口が、私の意思に反して自らの名前を紡ぎました。

な、なんですか今のは……⁉　魔法⁉

でも、彼女は詠唱なんてしてなかった……！

「シェスカちゃんって言うんだねぇ～～うん、耳慣れない名前、もしかすると私、別の世界で封印が解かれちゃったみたい？　めんどいなぁ、また信者を集めなおさないとじゃ～～ん」

「な、なにを……」

彼女が何を言っているのかは、少しも理解できません。

しかし、これだけは分かりました。

彼女は人間を一瞬で石に変え、指先一つで人間の行動すら操ることができる。

すなわち――神話の域に達した者なのだと！

彼女は私の中の緊張を見て取ってか、にやりと笑って言いました。

「じゃあ期待にお応えして自己紹介！　私は神話級《ミソロジー》アイドルの、ＹＵ－ＲＩちゃんだよ☆　――早速だけどシェスカちゃん、私の信者にならない？」

妖しく輝く彼女の瞳を見て、私は確信しました。

――アレは、この世に在ってはいけないものだ。

第13話「四百万の大妖怪、幽狸」

極東の島国に、幽狸《ゆうり》と呼ばれる一匹の化け狸がいた。

齢100歳、尾はいつしか二又に分かれ、人間にも化けられた。

長く生きた動物は化生《けしょう》となる。

例に漏れず、彼女もまたその身に超常の力を宿していたのだ。

しかし、彼女にできることといえばせいぜい簡単な神通力と変化ぐらいのもの。

その国に存在する由緒正しき魑魅魍魎の者どもや、八百万の神々と比べれば取るに足らない妖怪変化の一つである。

だが彼女は他の超自然的な存在にはないものを二つ、持ち合わせていた。

一つ、彼女は他の者がないがしろにする人間社会の風俗や文化に対して強い関心を持ち、なおかつ勉強熱心であった。

そして二つ、彼女は並外れて狡猾であった。

この二つの要素と化け狸としての深い智慧が合わさった時、彼女はソレの発生を予見したのだ。

その国ではおおよそ200年後に発芽するだろうとされている、怪異の種子。

——名を、ドッペルゲンガーという。

「ああ、やっと見つけたぁ～！　30年も探しちゃったよもう！　——じゃあいただきます☆」

そして未だ形すら成していないソレを、幽狸は文字通り指でつまんで、食らった。

これにより幽狸はドッペルゲンガーの持つ異能を自らの中に取り込んだのだ。

ご存知の通りドッペルゲンガーの異能とは
〝対象と全く同一の存在に変質する〟

〝そして変質後の姿を対象の人物に視認された際、対象を無条件に殺害する〟

この二つである。

これは幽狸の計画の要となる能力だった。

「――ねぇ〝一つ目入道〟さん！　ＹＵ－ＲＩの目をよく見てね☆」

単眼の大男が珍客の訪問に振り返る。

幽狸と男の目が合う――これが異能発動の合図。

彼女の身体が液体のようにとろけ出して、身体を再構成する。

――そこに現れたのは、目の前のソレと全く同じ単眼の大男。

一つ目入道と呼ばれた彼は、目の前のソレが何者なのかを認識する間もなく、黒い泥となって溶け落ちた。

かくして幽狸は、その日を境に一つ目入道になり替わった。

いや、なり替わったのではない、兼任した。

彼は化け狸であると同時に一つ目入道でもある――そういった存在と化した。

幽狸は実に長い年月をかけ、人知れず次々と超常の存在を殺して回った。

「ねぇ〝牛鬼〟さん！　ＹＵ－ＲＩの目をよく見てね☆」

「ねぇ〝雪女郎〟さん！　ＹＵ－ＲＩの目をよく見てね☆」

「ねぇ〝ダイダラボッチ〟さん！　ＹＵ－ＲＩの目をよく見てね☆」

いかに強大な霊力を持った国造りの巨人でさえ、ドッペルゲンガーの異能の前には無力であった。

なべて黒い泥となり、シミにさえならず消えてゆく。

そして——全てが幽狸となった。

これにより、幽狸は数えきれないほどの異能を身に着けることが叶ったが、本当の狙いはそこではない。

超常は人間からの畏れや信仰を力と変える。

幽狸はドッペルゲンガーの異能を取り込み、他の妖《あやかし》になり替わることで、彼らが溜め込んできたそれらを根こそぎ奪ってしまったのだ。

単なる化け狸に過ぎなかった彼女は数多の超常を殺し、急速に力をつけていった。

「ねぇ〝鞍馬天狗〟さん！　ＹＵ－ＲＩの目をよく見てね☆」

「ねぇ〝ぬらりひょん〟さん！　ＹＵ－ＲＩの目をよく見てね☆」

「ねぇ〝茨木童子〟さん！　ＹＵ－ＲＩの目をよく見てね☆」

殺して、殺して、なり替わり尽くした。

時折「あの妖怪の正体は実は狸なのだ！」と騒ぐ人間がいたが、果たして彼らは知っていたのか知らずにいたのか。

八百万の神々——実にその半分にも上る四百万の正体が、幽狸であることに。

妖の常と言うべきか、結局彼女は志半ばにしてとある神話級《ミソロジー》の陰陽師によって正体を暴かれ、あえなく封印されてしまったが、間違いなく彼女は世界を手中に収める一歩手前まで来ていた。

古き神々さえ平伏させるほどの強大な霊力を得た化け狸。

人々は、彼女をこう呼ぶ。

——神話級《ミソロジー》
——四百万の大妖怪、幽狸。

○

「ケル　オ　アルイ　クラナ　スパラシーア！」

考えるよりも先に口が動いていました。

超短縮詠唱により空気中の水分を一点に集中、これをユウリと名乗る彼女めがけて、放ちます。

高速で射出される圧縮した水の塊、当たれば怪我どころでは済まないはずです。

でも、彼女は構えもしませんでした。

「あ、YU－RIそれ知ってるよぉ～、魔法ってやつでしょ？　でも残念、ぽんぽこりん☆」

ユウリが再び指揮棒のように指を一振り。

するとどうでしょう、水塊が空気中で弾け飛んでしまいました。

「っ……!?」

やはり、やはりです。

彼女は詠唱をしていません。

無詠唱での魔法の発現なんて、伝説級《レジェンド》にだってできることではありません。

思うだけで事象を捻じ曲げる、それはまさしく神の御業で――

「け、ケル　オ　ナリカ　プロニエ……!!」

「私もうそれ飽きちゃった、ぽんぽこりん☆」

私がすぐさま次の超短縮詠唱を開始すると、彼女はおもむろに言って自らの口にチャックをするような仕草を見せます。

直後、私の詠唱は強制的に中断させられることとなりました。

まるで本当に自らの口にチャックがかかってしまったかのように固く閉ざされて、開かなくなってしまったのです。

「……っ!?　……っ！」

「いきなり攻撃してくるなんてひどいなぁシェスカちゃん、YU－RIはただ質問しただけだよ？ガールズトーク、しよ？」

私はただ恐怖に震える瞳で、彼女を見つめ返すことしかできません。

そんな私を見て、彼女は心底楽しそうに微笑むのです。

「んん？　シェスカちゃんはシャイなのかな？　心配しないで、さあYU－RIに全部話してね？　ぽんぽこりんっ☆」

『わ、たし……は……』

またただ、私の意思に反して口が勝手に動き出す。

『大家さ、んが……好きで……』

「うんうん、大家さんって人が好きなんだぁ〜、それでそれで？」

『で、も……わ、たし、はっ……！　素直じゃ、ないから……』

「うんうん、気持ちが伝えられなくてもどかしいんだね〜〜かわいいね〜〜」

やめて、やめてください……！

私が胸に秘めていたソレを、暴かないで……！

抵抗しました。しかし無意味です。

私の口は、こちらの意思とは無関係に言葉を紡ぎ、私の中の醜くて、矮小で、弱い心を吐き出してしまうのです。

口は止まらないのに、瞳からぽろぽろと涙がこぼれました。

そんな様を見て、ユウリと名乗る邪悪の化身はにっこりと微笑みました。

「そっかぁ、それは辛いことだねぇ、大家さんの鈍感も考えものだねぇ、――じゃあ分かった！　シェスカちゃんが信者第1号になってくれるようＹＵ－ＲＩが一肌脱いであげる！」

ユウリはぽんと手を打ち、そしてそれがなんでもないことのように言うのです。

「――女泣かせの大家さんはさくっと殺っちゃってぇ、ＹＵ－ＲＩがシェスカちゃんの理想の大家さんになってあげるよ！」

ぞわり――と悪寒が走りました。

彼女が何を言っているのか、まるで理解ができません。

しかし、それがとてもおぞましい何かだということは理解できました。

「あれれ？　シェスカちゃん、なんか不満げ？　そんなことないよね？　だって大好きな大家さんとあんなことやこんなことができるんだよ？　嬉しいよね？」

『は……い……』

違う……違う！

私はそんなこと望んでいない！

「シェスカちゃんが憧れの大家さんとしたかったこと、私ならぜーーんぶしてあげられるよ！　もちろんえっちぃこともね☆　嬉しいでしょ？」

『はっ…………いぃぃ……！』

口端から血の雫がこぼれ落ちます。

嫌だ、違う、私は、私は……！

「あらら、血を流すぐらい喜んじゃった？　シェスカちゃんったらおませさん！　じゃ、さくっと大家さん殺してきちゃうけど、いいよね？」

『は…………ぁっ…………！』

私は、私は――

――自分の言葉で、喋るんだ!!

「――嫌だっ　！！！」

私は、私の身体を支配していた呪縛を跳ね除け、そして叫びました。

「あなたなんかの力を借りるまでもありません!!　私は……私は！　世界で一番大家さんを好きでいる自信があります!!　なら、ならば大家さんの心が私に傾くのも時間の問題と言えましょう!!」

そして、そう宣言しました。

それは私の心からの言葉、心の叫び。

これを受けてユウリは一転、まるで虫ケラでも見るような、ひどくつまらなさそうな表情で言うのです。

「ふうん……私の神通力を精神力だけで弾き返しちゃうんだ……そっかそっか」

そして、彼女はふうと溜息を一つ。

「――YU-RI、目先の欲に流れない女の子ってきら～い、頭ぱーんってなって死んじゃえ☆」

直後、私の頭に立っているのもままならなくなるほどの激痛が走りました。

「あっ――――!?」

まるで、頭の中に直接電流を流し込まれるかのような、脳味噌をフライパンで焦がされるような。

いいえ、いいえ！　それはとても形容できるものではありません！。

なんせ痛みは徐々に強くなっていくのです！

「ああああああああっ!!」

「アッハ、いい声～、きっと頭の弾け飛ぶ時は、もっといい音がするんだろうね～～」

「あ、ああ、あああああああ……！」

頭が割れそうになる、とは決して比喩の表現ではありません。

感覚で分かるのです。

私の頭は、間もなく水分をたっぷり含んだスイカかなにかのように弾け飛んでしまうでしょう。

でも、私にはなにもできません。

鼻血を流しながらも、痛みに耐えるだけしか……

「そーだ！　ＹＵ－ＲＩいいこと考えちゃった！　シェスカちゃんが死んだら、次は私がシェスカちゃんになってあげる！　そしてシェスカちゃんが死ぬほどしたくてもできなかったこと、代わりに私がぜーんぶ大家さんにしてあげるね？　嬉しい？」

「ふ、ぐっ……あ、あああああああ!!」

怒りさえも、それを遥かに上回る痛みが塗り潰してしまいます。

ユウリは笑いました。恐ろしく邪悪に、恐ろしく歪んだ笑みを浮かべて。

「じゃあ、そろそろバイバイだねシェスカちゃん、次はもうちょっと強くなって生まれ変わろうね☆」

「あ、あああ……」

終わる、終わってしまう。

シェスカ・ネリデルタ20年の人生に幕が降りてしまう。

これも全て自分が弱いせい。

そのせいで私は死ぬ、大好きなあの人に気持ちを伝えることもできないまま、無念の内に。

私は最期の瞬間、生まれて初めて神に祈りました。

――これが私の弱さの招いた結果だとするなら、私は今よりももっと強くなります。

夜練だけで足りないと言うのなら、朝練もします。

バトルアックスの素振りは一万回に増やしましょう。

山のような黒パンだって、笑顔で平らげて見せます。

だから、だから、お願いします。

ここ一度、ここ一度だけでいいんです。

私を、助けてください――

「大、家……さん……っ」

「――呼んだ？　シェスカちゃん」

――その時、どこか気の抜けた声に、一瞬世界が止まりました。

私は今まさに頭を襲う激痛さえ忘れ、ゆっくりと顔を見上げます。

そこには……ああ、これは死の際に見る夢幻か何かなのでしょうか。

いえ、そんなことはどうでもよいのです。

間違いなく、彼の姿がそこにありました。

痛みに悶える私を守るように、邪悪の化身の前に立ちはだかって、ちくちくと編み物をする彼の姿。

すなわち――大家さんの姿が。

気が付くと頭の痛みが止んでいました。

ユウリがターゲットを変えたのです。

「あれ？　あれあれ？　もしかして貴方が噂の大家さん!?　きゃー☆　すごい！　ロマンチックぅ！」

ユウリがわざとらしくはしゃぎます。

しかし、私は見ました。彼女の瞳の中に宿ったどす黒い輝きを。

それはまるで、新しい獲物を見つけた肉食獣のような……

「――きーめた！　大家さんの顔ちょっとタイプだしぃ、せっかくだからシェスカちゃんが見ている前で大家さんとえっちいことしちゃおっかな！」

「なっ――!?」

私は驚愕の声をあげました。

しかし止めようにも全身を不可視の力で押さえつけられていて、指先一つ満足に動かせません。

ユウリが、そんな私を横目に見て嘲ります。

「アッハ、シェスカちゃん邪魔しないの～、じゃ大家さんお願いします！　ぽんぽこりん☆」

例の掛け声とともに、未知の力が辺り一帯に充満するのを感じました。

まただ、またこれだ。

思っただけで人を意のままに操る、神の力。

ややあって、大家さんが一歩、また一歩とユウリに歩み寄っていきます。

い、嫌だ……大家さん、そんな……

胸の奥がずきりと痛んで、瞳から大粒の涙が流れました。

しかし、弱い私は声を発することすらできません。

とうとう大家さんがユウリの前に立ちました。

ユウリは、まるでそんな私を嘲笑うかのように、わざとらしく扇情的なポーズをとります。

「――大家さん、ＹＵ－ＲＩ初めてだから優しくしてね☆」

そしてユウリが大きく腕を広げ、大家さんを受け容れるポーズをとりました。

その瞳は、蠱惑的な輝きを宿しています。

大家さんがゆっくり、ゆっくりと彼女に近付いていきました。

嫌だ！　大家さん――！

抵抗もむなしく、私は目を覆うことすら許されず、その光景を目の当たりにすることとなります。

――大家さんが、振りかぶった拳を思い切りユウリの顔面に叩き込む、その瞬間を。

「えっ――ぶしゅべえっ!!?」

それは、まさしく〝閃光〟でした。

放たれた拳は一瞬の内に光速に達し、傍目には激しい閃光が一度迸ったようにしか見えなかったのです。

そして激しい破裂音ののち、ユウリは吹き飛びました。

それこそ、まるで激流に揉まれる木の葉のごとく。

仰け反って、打ち付けて、跳んで、回って、また跳んで――そして激突。

この衝撃で大岩が粉々に砕け散り、凄まじい量の砂塵が、あたり一帯を吹き抜けました。

私は、すでにユウリの呪縛から解き放たれたというのに、息をすることさえ忘れていました。

目の前で何が起こっているのか、まるで理解できないのです。

信じがたいことに彼は――空白級《ブランク》である彼は、御伽噺級《フェアリーテイル》の私が手も足も出なかったあのユウリを、殴り飛ばしてしまったのです。

呆然とする私の傍らで、大家さんはぱんぱんと手を払いました。

そして一言。

「――シェスカちゃんに変な言葉教えんな、色ボケ狸」

一粒の雫が、頬を伝いました。
これは悔しさからくるものでも、悲しさからくるものでもありません。
どうしようもなく温かい、安堵の涙でした。
ああ、彼はどんな時だって、いつもの調子で、私を一番に心配してくれるのです。

第14話「彼女が笑うと」

シェスカ・ネリデルタ。

驚くべき低血圧の御伽噺級《フェアリーテイル》。

午前中は本来の十分の一程度の力しか発揮できず、ほとんどを寝て過ごしている。

ついた二つ名は午後の魔法使い。

この二つ名を耳にした者は、たいていが彼女に対して「自堕落」な印象を抱く。

だから午後の魔法使いという二つ名も、半分は蔑称である。

彼女自身これを訂正するつもりがないらしく、それは今日に至るまで続いているが――これはひどい勘違いだ。

彼女の欠点は、自堕落なことなどでは決してない。

「――お前の悪いところはそうやってすぐに頑張りすぎちゃうところだな」

俺は編み物を中断し、ふぅと溜息を吐く。

まったく、モンスターの出現を報せるベルが外れていたものだから、念のため編み物ついでに見回りに来てみればこんなことになっていたとは……

「シェスカ、ちょっと頭出せ」

「えっ、大家さん……!?」

おもむろにシェスカの大きな魔女帽子を外し、更に頭を押さえつけて彼女の黒髪を観察する。

うーん、暗くてよく見えない……

「お、おおお大家さん⁉　一体何を……ひぁぁっ⁉」

「悪いけど軽く触るぞ、ちょっとでも痛かったら言ってな」

俺はちょうど彼女の頭を撫で回すかのように、全体へ軽く触れる。

シェスカが恥ずかしさのあまりか顔を真っ赤に染めているが……うん。

「たんこぶはできてないみたいだな」

「たん……こぶ……？」

シェスカはまるでそれが初めて聞く単語であるかのように言った。

そう、たんこぶだよたんこぶ。

「じゃあ別に階段から落ちた時に頭を強く打ったとかじゃないのか……となるとストレスか？　顔色悪いし、鼻血も出てるし……」

「あ、あの、大家さん……何を言って……」

「ちょっと待ってろよ」

困惑する彼女を制して、俺はいつも通り懐から水筒を取り出した。

フタを外して、これをカップ代わりに水筒の中身を注いでいく。我ながら手慣れたものだ。

そして、湯気立つこれを彼女へ差し出し
「ハーブティー、飲め」

「は、ハーブティーって……大家さん、今そんな場合じゃ……」

「――ハーブティー!!　飲め!!!」

無理やりにカップを押し付けた。

それはもう、彼女のもちもちとした頬っぺたへ、物理的に。

「わ、わかりまひたから！　のみまふ！　のみまふっへ!!」

「よし！」

渋々とカップを受け取り、ハーブティーに口をつけるシェスカ。

彼女はこれを一口含んで飲み下すと――ほうと溜息を吐いた。

「おいしい……」

「当然、俺の手製だからな！」

アパートの裏庭でハーブから育てているのだ、美味しくなければ困る！

俺はふんすと鼻を鳴らして、自信満々に胸を張った。

「ハーブティーにはリラックス効果があるからな、これで少しは頭痛も和らぐだろ」

「…………ん？」

ちびちびとハーブティーを啜っていたシェスカが、ぴたりと動きを止めた。

なんだそのよく分からない顔は。

「いやだから頭痛だろ？　ストレス性の。……まったく根詰めすぎだぞシェスカ、立てなくなるぐらいの頭痛起こすまで頑張るなっての」

「……えっ？　ちょっと待ってください、頭痛？　ストレス性の？」

「だって頭抱えて叫ぶぐらい痛がってたじゃん」

「い、いえ、それはそうなんですけど、度合いと言うか……私、頭が弾け飛んで死ぬ直前だったんですが……」

「あー分かる、俺も家計簿つけてる時とか頭弾け飛んで死にそうな気持になるわ」

貧乏大家さんはいつも真っ赤っかの家計簿に憤死寸前なのだ。

最近なんかもう金銭の話をするだけでちょっと頭痛くなるもんな……

そういうことだろシェスカ？

「っ……！　っ……！」

「……なんだその顔は」

シェスカはまるでフグのように頬をぷくうっと膨らませて、ぷるぷると震えていた。

それはおそらく「言いたいことが山ほどあるのに言葉が出てこなくてどうしようもない時」の顔だ。

俺はごほんと一つ咳払いをした。

「まぁ、なんにせよ災難だったな、まさか頭痛で悶えてるところを不審者に絡まれるなんてさ」

「……不審者？」

ぎゅっ、とシェスカの眉間にシワが寄った。

なんだかその目で見つめられると、責め立てられているようだ。

俺は慌ててこれに応える。

「だ、だって、どう見ても不審者だろあの獣人！　変な喋り方だし、妙な格好してるし、挙句頭痛で悶えるシェスカちゃんの前でなんか一人でべらべら喋ってるし！　ぜってー噂になってた不審者だって！」

「…………………」

ぎゅっっっ、とシェスカの眉間に刻まれたシワが記録的深度を達成する。

彼女はたっぷり、たっぷりと時間をかけて、言葉を選び、そしてゆっくりと口を開いた。

「……噂の不審者は、男性という話では？」

「あ、そうだっけ？　……じゃあ新手か！」

やっぱり春の浮かれた陽気は、人々の頭の中にも花畑を作り上げてしまうのだろうか！

学生を多く抱えるイナリ荘の大家さんとしては、なんともはた迷惑な話である！

——と、そんな時にシェスカがぷっと噴き出した。

ところで彼女が午後の魔法使いと呼ばれ、蔑まれる理由の一つとして彼女の感情表現の希薄さが挙げられる。

いつも無感動な調子で淡々と話すので、彼女には感情と呼べるものが存在しないのではないかと考える者までいるとか、いないとか。

……なんと勿体ない。

彼らは知らないのだ。

シェスカが笑うと、たいへん可愛らしいのだと。

「言いたいことは色々とあります……でも一つ、大家さんは、どんな時でも大家さんなんですね……」

「？　当たり前だろ？　俺はイナリ荘がある限り、ずっと大家さんだよ」

「……だから私は大家さんが好きなんです」

シェスカが消え入りそうな声でぼそりと呟いた。

振り返ると、シェスカがカップ代わりの水筒のフタで顔を隠している。

フタで隠し切れなかったほとんどの部分が、まるでリンゴか何かのように真っ赤に染まっているのが見えた。

……はっ！　危ない！　危うく勘違いしてしまうところだった！

俺も一昨年大学を卒業したばかりとはいえ、現役女子大生の社交辞令にマジになってどうすんだよ！

だが、まぁ、それがたとえ社交辞令でも……

「ありがとうな、嬉しいよシェスカちゃん、じゃあそろそろ帰ろうか」

地べたに座り込むシェスカへ手を差し伸べる。

すると彼女はか細い声で「……はい」と答え、手を伸ばす。

依然水筒のフタで顔を隠したまま。

まったく、誰よりも努力家なのにシャイなんだからな……

そう思って、彼女の手を取ろうとすると――ふいに、背後から何かの飛来してくる気配を感じた。

「お――大家さんっ！！？」

遅れてこれに気付いたシェスカが驚愕の声を上げる。

はぁ……

「しつこい不審者だな」

俺は振り返りざまに右手をかざし、飛んできたソレを受け止める。

受け止めた時の衝撃で五本の指がソレにめり込み、風が巻き起こった。

ソレは俺よりも三回りは巨大な岩石だ。

「か、片手で……!?」

せっかく立ち上がりかけたシェスカが、へなへなと崩れ落ちてしまった。

どうやら突然のことにびっくりしてしまったようだ。

「まったく、なんてもの投げつけてくるんだよ……当たり所が悪かったら怪我してるぞ！」

「ど、どこに当たっても殺せるように飛ばしたんですけど……？」

巨岩の飛んできた先、そちらへ目をやると、案の定ユウリ？　とかいう不審者女の姿があった。

真っ白だった衣服を砂埃に汚し、ひきつった笑みを浮かべている。

「あれぇ？　おっかしいなぁ……ＹＵ－ＲＩの術、間違いなく発動したはずなんだけどなぁ？」

「何を訳の分からないことを言ってるんだお前は」

俺はそこでようやく指のめり込ませた大岩を、そのへんに投げ捨てた。

ずずうん……と鈍い音がして、世界が揺れる。

「ふ、ふふ……さっきのパンチといい、どうやら大家さんは怪力が自慢みたいだね☆」

「大家業は身体が資本だからな」

荷解きの手伝いとか屋根の修繕とか、それなりに力仕事には自信がある。

まぁ、怪力ってのはさすがに言いすぎだけど。

そんなことを考えていたら、ユウリは怒りのせいかわなわなと震える指をこちらへ向け、言った。

「だったら問題ないもん！　ＹＵ－ＲＩ野蛮な男の人って嫌～～い☆　頭弾け飛んで、死んじゃえ！　――はい！　ぽんぽこりん☆」

「大家さんっ!!　逃げてください！　この技はっ……！」

シェスカが叫ぶ。

それと同時に、ユウリの妖しく輝く瞳が俺を捉えた。

直後、耳の奥の方で「きぃぃぃぃん」と一度音がして――それだけだった。

「……え？　あれ？　なんでなんともないの？」

「……なんか耳鳴りがした」

「み、耳鳴りィ!?」

耳鳴り程度なのに、ユウリが大袈裟なリアクションをとる。

ああもう、付き合ってられん。

しかしこんないきなり耳鳴りがするなんて……

俺も知らず知らずの内に大家業のストレスとかが溜まっているんだろうか、とハーブティーを啜る。

あー……やっぱり美味いな、身体の疲れが芯から癒されていくようだ……

「お、おかしいな……ハハ、じゃあ両足もげちゃえ！　ぽんぽこりん☆」

「ん？　なんか今一瞬膝の関節に痛みが……」

「ぽ、ぽんぽこりん!!　両腕千切れちゃえ！」

「嘘だろ……肩凝りまで……」

さあああぁっ、と青ざめた。

突発性の耳鳴り、関節痛、肩凝り……間違いない！　これは加齢の初期症状！

嘘だろ!?　20代半ばにして!?

確かに最近若白髪が増えたなとは思ってたけど、もしかして俺ってもうおじさんに……!?

もはや向こうでぎゃあぎゃあと何かを喚いているユウリのことなんて、意識の外であった。

あんなのより、こっちの方がよっぽど深刻な問題だ！

「お、大家さん、大丈夫なのですか……!?」

シェスカが心配そうな表情で尋ねかけてくる。

大丈夫じゃない、全然。

心に深い傷を負った……せめて、せめて……

「……なあ、シェスカちゃん、俺ってもしかして、その、なんか臭ったりとか、したり……？」

「――ぽんぽこりん!!　ぽんぽこりんぽんぽこりんっ!!」

ぶちん、と堪忍袋の緒が切れた。

俺はおもむろに近くにあった小石を拾い上げ、振りかぶる。

そして
「――今大事な話してんだろうがキ○ガイ女!!」

怒声とともに、ソレを投げ放った。

「なっ――!?」

シェスカとユウリが、同時に驚愕の声をあげる。

飛来する石は、音の壁を突き破り、衝撃波を発生させながら進んでいく。

そして次の瞬間には、間抜け面を晒すユウリの額に直撃。

「ぎゃっ！！？」

ばかーんと硬い木の実の殻が割れるような、そんな小気味の良い音があって、ユウリは大きく仰け反りダウンする。

ふん、これで少しは静かになっただろ。

なんだぽんぽこりんって、ふざけてんのか。

「……で、シェスカちゃん実際どう？　正直な感想でも、その俺はなんとも思わないから」

「え、と……大家さんはいつも、ハーブの香りがします、よ……？」

「っしゃあ!!」

俺はガッツポーズを作って、歓喜に打ち震えた。

第15話「妖怪問答」

「――ＹＵ－ＲＩも――怒ったぁぁ！！」

ユウリが怒声とともに跳び起きる。

これだけボコボコにされてなお、その甘ったるい声音が保てるのは変質者ながらあっぱれ。

しかし全身から溢れる怒気が隠せていない。

まるで彼女の怒りに呼応するように、足元の石礫がかちかちと揺れている。

「なに⁉　なんで神すら屈するＹＵ－ＲＩの神通力が効かないの⁉　鈍感なの⁉　鈍感すぎると通じないの⁉」

「シェスカ鼻血ついてるぞ、はいハンカチ」

「あ、どうもありがとうございます……」

「無視‼　すんな‼」

ユウリが地団太を踏んでいる。

不審者というのは構うとつけあがるのが常だ。

だから無視を決め込むに限ると思ったのだが、それにしてもまったくうるさくてかなわない。

「分かった！　キミ、大家さんとか言ってるけど、本当はＹＵ－ＲＩの復活を止めに来た神話級《ミソロジー》の陰陽師か何かでしょ⁉　そうでしょ⁉」

そうだそうに違いないと一人納得するユウリ。

これは、あれだな……本当に頭がいっちゃってる人特有の被害妄想的なヤツだ。

俺はいつも誰かに見張られているとか、そういう類の……

一周回って哀れである。

「な、なにその憐みに満ちた目!?　そそそんなので誤魔化されたりしないんだから！」

「……現実を教えるようで申し訳ないんだけど、どこにも神話級《ミソロジー》の陰陽師なんていないんだ、俺はただの空白級《ブランク》で、大家さんだから……」

「空白級《ブランク》ぅ!?　嘘だ嘘だ！　冗談も大概にしてよ！　どうせその服の内側にも大量の魔除けの護符がびっしり……！」

「……湿布なら腰に一枚貼ってるけど」

「しっ……!?」

ユウリが絶句する。

なんだ？　お前も「この歳でなんとジジ臭い……」とかそういう悲しいことを言うつもりか？

しょうがないだろ、大家さんは肉体労働なんだよ。

「ばっ……馬鹿にして馬鹿にして馬鹿にしてぇっ!!　もうホントのホントに怒ったんだからぁ！」

ユウリは声を荒げて、上着の腹のあたりに取り付けられたやたら大きなポケットをごそごそと漁り始める。

そして、取り出したるは——どういうつもりか数枚の木の葉である。

「——ここからが世界のアイドルにして四百万の大妖怪ＹＵ－ＲＩちゃんの本領発揮！　さあ、知恵比べの時間だよ☆」

学のない俺には、彼女の言わんとしていることがまるで理解できない。

しかし、秀才シェスカは何かを感じ取ったらしい。

両目を見開いて、全身をこわばらせた。

「お、大家さん!! アレは……アレは駄目です!! 立ち向かってはいけません!! 逃げましょう！ すぐに!!」

彼女はすっかり怯え切ってしまって、服の袖をぐいぐいと引っ張ってくる。

可哀想に、こんなにも震えて。

分かる、分かるぞ、アレは駄目だ。関わってはいけないタイプの人種だ。

努めて刺激せずに退散して、あとはしかるべき機関に通報し、処置を任せるべきだと言うのだろう。

確かに、そうするべきだ。

一市民の在り方としてはそれが正しいのだろう。

だが──俺は震えるシェスカを安心させるように、軽く頭を撫でた。

「え、大家さん……？」

「悪いけどそれはできない、なんせ俺のアパートの大事な住人が、こんなにも怯えさせられたんだ」

「なにを、言っているんです……？」

「要するに──」

俺はユウリに向き直り、そして言い放つ。

「――大家さんがさくっとアイツ倒して、シェスカちゃんが明日からも安心して家に帰れるようにする」

「あ……」

シェスカの強張った身体から、するりと力が抜け落ちるのを感じた。

ふむ、これはアレだな。

――やっちゃってください大家さん、ってことだな。

「アッハ☆　余裕ぶってられるのも今の内だよ！　言ったでしょ！　今から始まるのは知恵比べ！　脳筋の大家さんじゃＹＵ－ＲＩには絶対に勝てないんだから！　――そう！」

ユウリは木の葉の一枚を抜き取り、自らの頭頂部にこれを乗せる。

「――今から始まるのはクイズ番組！　ＹＵ－ＲＩが今までに取り込んだ四百万の神々から出題される妖怪問答！　もちろん間違えたら即☆死！　じゃあいくよ～～!!　――什麼生《そもさん》!!」

どろんと音がして、ユウリの身体が白い煙に包まれる。

そして煙が晴れた時、そこには顔の半分を覆い隠すほど巨大な笠をかぶった、一人の修行僧の姿があった。

なるほど、変化……か。

修行僧はにたりと口元を歪めて、言った。

「汝に問う、両足八足、横行自在にして……」

「――蟹也」

でも、途中で遮った。

「えっ？」

修行僧が間の抜けた声をあげ、その直後、どろんと白い煙が立ち、ユウリは本来の姿に戻ってしまう。

彼女は状況が理解できていないらしく、目を白黒させながら、腰を抜かしていた。

「……えっ？　なんで？　どうして？」

「なんだよ正解だろ？　早押しは駄目なんて説明なかったよな？　それとも説破《せっぱ》って言った方が良かったか？」

「えっ？　えっ？」

いやなんで出題者が一番困惑してるんだよ。

「大家さん、今、一体何が起きて……？」

シェスカが恐る恐る尋ねてくる。

ああシェスカは勉強熱心だなぁ、可愛いなぁ。

よし、教えてやろう。

「シェスカちゃん、今の問題は〝蟹坊主の問い〟って言ってな、答えられないと殴り殺される、そういう問いだったんだ」

「かに、ぼうず……？」

「そ、出題は〝両足八足、横行自在にして眼、天を差す時如何〟――要するに足が八本あって横歩きもできちゃう、空を見つめる目を持った生き物なーんだ？　ってことで答えは〝蟹也〟、要するに坊主の正体は化け蟹なのさ、勉強になった？」

「は、はあ……」

ああ、俺があのシェスカちゃんに何かを教えられる日がくるなんて。

当時はこんな知識がなんの役に立つんだと内心思っていたが——ありがとう前大家さん。

あなたのスパルタ勉強会のおかげで年長者の威厳が保てたよ。

「な、なななな、なんでぇ!?　なんで異世界の貴方が、ＹＵ－ＲＩの世界の妖について知ってるのぉ!?」

「勉強したからだけど？」

「答えに!!　なってないんですけど!!　もう怒った！　第二問！　什麼生《そもさん》!!」

ユウリは次の木の葉を頭に乗せて、再びどろんと妖怪変化。

今度は袈裟を羽織り、やたらと首の長い大男に。

いや、大男どころではない。

不思議なことに、ヤツは見上げれば見上げるほどに巨大になっていくのだ。

「な、なんですか、これは……!?」

シェスカがこの異形の全貌を見極めようと両目を見開き、上を見上げていく。

俺はすかさず彼女の目を覆った。

「シェスカちゃんアレは見上げちゃ駄目だ、——説破、〝見越した〟……いや〝見抜いた〟か？」

どろんと白煙があがり、大男が姿を消す。

残ったのは、やはり呆然とするユウリ。

「み、見越し入道の対処法まで……!?　そ、什麼生《そもさん》！」

どろん、今度は薄っぺらい布に変化するユウリ。

この布は宙を舞い、すさまじい速さで俺の顔面、そして首に巻き付く。

ふむ、息苦しい。

「お、大家さん!? 待っててください！ 今助けます！ ケル ア……」

シェスカちゃんが魔法の詠唱を開始したが、俺はそれを手で制した。

シェスカちゃんの気遣いは嬉しいけど、多分魔法攻撃は効かない。

正解は、こう。

俺は懐にしまっておいた園芸用のハサミを取り出して、そして──「ぎゃーーーーっ!!?」

ビリィッ！ という音とともに凄まじい悲鳴がして、一反木綿が裂けた。

どろんと白煙が立ち、そこに現れたのは衣服がビリビリに裂け──痴女同然の格好を晒したユウリ。

俺は再びシェスカの目を覆った。

シェスカに変なものを見せるわけにはいけない。

「じ、時代を二百年は先取りしたＹＵ－ＲＩの最先端ファッションがぁっ!!?」

「使わなくなった服は雑巾にするといいぞ」

ぶっ、と何かのキレかける音が聞こえた。

ユウリは肩をわなわなと震わせ、怒りを押し殺しているご様子。

俺はただ純粋な善意からアドバイスをしただけなのに……

「ゆ……ＹＵ－ＲＩ……こんなにコケにされたの初めてだよ……!!」

「……優しい大人に囲まれて育ったんだな……」

と生暖かい視線。

ぶぢんっ！　と完全にユウリのキレる音が聞こえた。

「もう……もういいっ!!　クイズもおしまい!!　あなただけは確実に殺してあげる!!　――さあＹＵ－ＲＩの目を見て！」

「はぁ……」

渋々、彼女と目を合わせる。

これで満足してくれなかったらもう知らんからな、俺。

「さあ見せてあげる！　四百万の神々を殺したドッペルゲンガーの力！　大家さんにさえ、なり替わってあげる！」

「――大家さん!!」

シェスカが叫ぶ。

それと同時に、どろりとユウリの表面が溶け、別の形を成し始めた。

肉体が再構成され、徐々に一人の男性の形を成していく。

それは、俺だ。

もう一人の俺が、眼前に現れようとしている。

だが、残念なことに俺はこの問題の答えも知っている。

ユウリが完全に俺のドッペルゲンガーへと変貌してしまう前に、俺は足元に落ちた木の葉を一枚拾い上げ、そしてそれを自らの頭に乗せ、一言。

「どろん」

「はっ？」

俺の姿をしたユウリが、俺の口でなんとも間の抜けた声をあげた。

ユウリはすでに俺のドッペルゲンガーを完成させた。

これを直視していれば、俺はたちまち殺されて、彼女になり替わられていたことだろう。

でも、一足遅かったな。

俺はもう、すでに俺じゃないものに変化している。

視界に収まりきらないほど巨大な漆黒の身体に、二枚の翼。

丸太のような四本の足で自重を支え、眼は爛爛《らんらん》と輝き、牙と爪は鋭利極まる。

それは昼間、俺が〝掃除〟した不快害虫――パンデアの姿だ。

俺は喉をころころと鳴らして、彼女に問いかけた。

『什麼生《そもさん》、これなーんだ』

茫然自失としてこちらを見上げる、俺の姿をしたユウリ。

彼女は、震える声でその問いに答えた。

「じゃ……邪竜です……」

『違います』

正解は〝でかめの蛾〟でした。

俺は前足の一本で、さながら虫けらでも潰すようにユウリを踏みつけた。

第16話「帰路へ」

どろんと白煙が立ち、俺は変化を解く。

目線は元の高さに戻り、そして俺の足元には
「ぽん……ぽこ……」

ちょうど足跡型に凹んだ地面の中心で、狸耳をぴくぴくと震わせながら目を回すユウリの姿が。

「化け比べでも俺の勝ちなわけだけど……まだやるか？」

「ま、参りました……」

ようやくの降伏宣言だ。

俺はふうと溜息を吐き、肩の力を抜く。

まったく、大家さんの朝は早いのだ。さっさと後始末をしてしまおう。

俺はゆっくりと彼女に歩み寄る。

「……アハッ、ＹＵ－ＲＩにトドメを刺すんだね、いいよ、煮るなり焼くなり、なんでもどうぞ☆」

「威勢がいいな」

「だってＹＵ－ＲＩ、妖怪だから死なないもん」

にやりと、勝ち誇ったようにユウリが口元を吊り上げる。

「妖怪って言うのは現象なの、自然に発生するものなの、つまりここで殺されたところで、また時

間が経てば復活できるもん、百年先か二百年先か……少なくともキミは生きていないよね☆」

「まぁ、そうだな」

「だったら問題ないもん、次こそはもっとうまくやってこの世界を手に入れてやるんだから☆」

誇大妄想がすごいなこの狸。

空白級《ブランク》の俺にさえ負けるのに、世界とか無理に決まってんだろ。

ほら、シェスカも忌々しそうに顔を歪めているじゃないか。

でもまぁ、彼女は大きな勘違いをしている。

俺は彼女の近くに腰を下ろして、言った。

「期待しているところ悪いけど、お前は殺さないよ」

「……えっ？」

ユウリが不思議そうな顔でこちらを見つめてくる。

「……昔、前大家さんに言われたんだ、狸だけは殺すなって、だからお前も殺さない」

「そ、それは……ＹＵ－ＲＩを見逃がしてくれるってこと……？」

ユウリは驚いたように言う。

それは安堵と期待の入り混じったような、そんな表情で——

「——いや、別に生かしもしないけど」

「えっ？」

ユウリが素っ頓狂な声をあげた。

俺は前大家さんの言葉をしみじみと思い出す。

――いいかオルゴよ、ワシの故郷には狸とかいう薄汚い畜生がいての、こんな感じの見た目じゃ。

――間抜けで、どうしようもない色惚け、日がな一日中腹太鼓を叩くせいでうるさくて敵わんかったわい。

――時に我が故郷には「赤い狐と緑の狸」という言葉があり、要するにこれは、優秀なる狐に殺され冷たくなった狸と、狸の返り血を浴びて全身を真っ赤に染めた狐のことを指しているわけじゃが……。

――まぁ結局何が言いたいのかというと、もしも今後狸と関わる機会があれば殺すな、されど生かすな。

――最も屈辱的な方法で苦しめるとよい。

「……ってさ」

「ゆ、ＹＵ‐ＲＩお腹叩いたりしないもん！！」

よく分からない箇所を否定するユウリであったが、ややあって自らの状況に気付いたらしく、目を泳がせた。

「……え、待って？　もしかしてこれからＹＵ‐ＲＩにひどいことするつもり？」

「見方によってはそうだな、ひどいかもしれん」

「こ、降参してるのに……？」

「狸はずるがしこい上にプライドもないから、ピンチになるとすぐ腹を見せて降参したフリをするって前大家さんが」

「そ、そそそそんなことないもんっ☆」

「まぁとにかく、そういうことだから」

俺は懐から一枚の御札を取り出す。

「な、なにかなその御札……！　ＹＵ－ＲＩ初めて見たんですけど……！？」

「そりゃそうさ、俺手製の呪符だもの」

昔、大家さんに教わった呪符製作の技法を応用して作り上げた大家さんオリジナルの御札。

俺は、これをゆっくりとユウリに近付けていく。

「ま、待って待って待って！　分かった！　ＹＵ－ＲＩお金あげるから！　一生使いきれないぐらいのお金!!」

「〝追い詰められるとそう言って木の葉を変化させた金を渡してくるまでがあいつらの手口じゃ〟……って前大家さんが」

「じゃ、じゃじゃじゃじゃじゃじゃあ！　大家さんに名誉をあげる！　ＹＵ－ＲＩの手にかかれば、大家さんを出世させることなんて簡単なんだから！」

「〝更に追い詰められるとこんなことを言い出すが、これは全くの嘘っぱち、すぐに舌を出して逃げ出すぞ〟……って前大家さんが」

「ぜ、前大家さん何者!?　じゃ——じゃあ分かった!!　ＹＵ－ＲＩの身体をあげる!!」

「身体？」

俺はぴたりと動きを止める。

ユウリは「これならいける」と思ったのか、妖艶な笑みを浮かべた。

「そ、そうだよ、ＹＵ－ＲＩはなんにだって化けられちゃうんだから☆　大家さんの想い人でも、庶民には手の届かないやんごとなき娘でも、はたまた犯罪スレスレの子にだって！　それに……」

更にユウリは、むにっと自らの胸を寄せてこちらを誘惑してくる。

「私自身だって、結構いい身体してるんだから☆」

「あ、それは別にいいです」

問答無用、ユウリの額に御札を貼り付けた。

彼女の瞳に、じわりと涙がにじむ。

「え、普通にショックなんですけど……」

——刹那、彼女の全身が光に包まれる。

光の粒子が、まるで泡のようにまとわりつき、そして逆行させてゆく。

彼女が積み重ねてきた化生としての年月を。

すなわち、力を剥ぎ取ってゆく——

「な、なにこれ!?　ＹＵ－ＲＩの溜め込んだ力が、四百万のＹＵ－ＲＩが……ああああああああああああああ！」

彼女の絶叫とともに光は最高潮に達する。

そして最後——ぽんっ、というどこか気の抜けた音とともに、光が消えた。

効力を失った呪符が、はらりと落ちる。

「へ……あれ、なんか視界が……」

ユウリがそう言って、自らの頬をぺたぺたと触る。

そしてそののち、自らの手のひらのあまりの小ささに、驚愕の表情を浮かべた。

「ん!?　あれ!?」

手だけでなく、全身をくまなく見渡すユウリ。

その場でくるりと回ってみたり、叩いてみたり、ぷるぷるのほっぺをつねってみたり。

……ふむ、術は成功したようだ。

「――ゆーり、ちっちゃくなってるんですけど!?」

そうともさ。

そこにあるのは妙齢の女性の姿――などではなく、狸耳の幼女である。

余談だが、隣でこの様子を見ていたシェスカが小さく「……可愛い」と呟いていた。

「そうともお前は若返った、ちょうど１００歳を少し過ぎたぐらいか？　なりたての化け狸ってことだ、もう人を騙すこともできないだろ」

「時間遡行の呪符なんて、そんな、そんな高等なもの神話級《ミソロジー》の陰陽師だって……!!」

ユウリが小さな肩をわなわなと震わせ、やがて……

「こ、この恨みは忘れないから!!　ぜ、絶対にいつか仕返ししてあげる!!」

「百年後か、二百年後か……気の遠くなるような話だが、まぁ頑張れ、俺はその頃もういないけど」

「うわああああああん!!　ばあああああか!!　ばあああああか……!!!」

こうしてユウリはわんわんと泣きながら、ボロボロになった服を抱きしめ、夜の闇へと消えていった。

きっと、狸らしく山へ帰るのだろう……

俺は彼女の小さな背中を見送りつつ、しみじみとそう思った。

まぁ、なんにせよ。

「――帰ろっか、シェスカちゃん」

俺は振り返って、彼女に微笑みかけた。

シェスカはまるで夢でも見ているかのように、呆け切った顔を晒している。

「大家さん……あなたは一体何者なんです……？」

「？　おかしなこと聞くなぁ、大家さんは大家さんですよ……っと」

「わふ」

彼女の首元にようやく出来上がったそれを押し付ける。

ソレは――大家さんの手編みマフラーだ。

それなりに上等な毛糸を使った、自慢の一品である。

「これは……？」

「マフラー、シェスカちゃん低血圧だから夜は夜で身体冷えると思って」

「私の……ために……」

シェスカがマフラーを抱き寄せ、頬を染める。

作ってる最中「よくよく考えたらいい年した男が女子大生に手編みのマフラーを送るとかキモがられたりしないかな？」などと不安になったりもしたが、どうやら気に入ってくれたようでなにより。

「で、シェスカちゃんこれからどうする？　まだ夜練続ける？」

「……いえ」

シェスカはマフラーに顔をうずめながら、小さく、本当に小さく首を横に振った。

「今日は、もうイナリ荘に帰りたいです、その、大家さんと一緒に……」

珍しいこともあるものだ。

そう思っていると、彼女は柔らかに微笑んで
「——明日、倍頑張ればいいだけですから」

「頑張り屋さんだなぁシェスカちゃんは、——じゃあ、帰ろうか！」

俺もまた彼女に微笑み返して、満天の星空の下、揃って帰路についた。

これで本当に、大家さんの一日が終わる。

○

「あと二体……もう間もなく、我が悲願が成就する……」

イナリ荘裏山廃墟跡。

頭からすっぽりとローブをかぶった男は、ここで起こった一部始終を見届けると、にやりと口元を歪めて、ひとりごちた。

「次こそ殺してやるぞ——天狐《てんこ》」

男の狂ったような笑い声が、廃墟跡にこだましました。

第17話「伝説級の一日」

――ベルンハルト勇者大学の伝説級《レジェンド》輩出率は1％を下回る。

年度によっては卒業生に一人の伝説級《レジェンド》もいない、そういったことも往々にしてあった。

これは別段ベルンハルト勇者大学が他の教育機関に比べ劣っているというわけでは無ぃ。

むしろ五百を超える卒業生の中から、たとえ二三人でも伝説級《レジェンド》が出るのは快挙なのだ。

だからこそ由緒正しき騎士の家系、クリュオール家の次女にして、多重詠唱《マルチスペル》を使いこなす魔法騎士。

すなわち伝説級《レジェンド》ミレイア・クリュオールには入学時から多大なる期待が寄せられていた。

ミレイアは物心ついた頃からありとあらゆる英才教育を施された。

全ては良い等級を手に入れ、クリュオール家の名前にふさわしい誇り高き職に就くため。

若きミレイアもまた、これを疑わなかった。

恋愛？　遊び？　――くだらない。

ただソレだけが至上の目的であり、この上ない幸福なのだ！

……そう思っていた。

実際に職に就くまでは……

「――は？　残業代が欲しいぃ？」

やせぎすで浅黒い肌をした男は苛立ちを露わに言った。

彼は、ミレイアが卒業後に加入した伝説級《レジェンド》パーティ〝銀の舟〟のリーダー。

御伽噺級《フェアリーテイル》剣士アイオン――すなわち彼女の雇用主である。

彼のあまりに攻撃的な物言いに、ミレイアは思わずびくりと肩を震わせてしまう。

学生時代の居丈高な彼女を知る者が今の彼女を見れば、驚愕を禁じ得ないはずだ。

後ろでまとめあげられた金の頭髪は、ところどころが枝毛になっており、目の下にはべっとりと濃い隈が貼りついている。

ついでに言うと頬も少しこけていた。

「え、ええ……アイオンさん、不躾なお願いとは思いますが……私もう今月だいぶ厳しいんですの……」

それはとても抗議とは思えない、弱々しい声音だ。

見事に萎縮しきっている。

「私、ここ数か月は一日一食しか食べておりません……それもダンジョン内で、携帯用の干し肉を……最近立ちくらみまで出てきて、これではパーティでの活動に支障をきたしてしまいますわ……」

「はぁ……だからお嬢様をパーティに入れるなんて反対だったんだよ俺はッ!!」

アイオンが、おもむろに近くの机を蹴り上げる。

ミレイアは「ヒッ!?」と短い悲鳴をもらした。

「一日一食がなんだってんだ!? あぁ!? 新人様は飯食う暇があってうらやましいこって! 俺なんてもう三日はポーションしか飲んでねーんだ!? 分かるか!?」

「わ、分かります！　分かりますわ！　アイオン様はいつもパーティのことを第一に身を粉にして働いていて……！」

「だったら二度と残業代とかふざけたこと抜かすな！　俺らのパーティがギリギリのとこでやってんの知ってんだろうが！　むしろ働かせてやって金まで払ってることに感謝しろ!!」

「ご、ごもっともですわごもっともですわ……」

「これだから温室育ちは困るんだよ！」

ぺっ、とアイオンの吐いた唾が、彼女の鎧にかかる。

ミレイアは本心ではすぐにこれを拭き取りたかったが、努めて見て見ぬふりをした。

少しでも嫌そうな顔をすれば、余計に怒鳴られてしまうからだ。

「では……せめて休みをください……」

ぴたり、とアイオンが動きを止め、ミレイアを睨みつける。

その目のどろついた輝きはミレイアの心胆を寒からしめた。

再び怒声が飛んでくる前に、ミレイアは勇気を振り絞って言葉を紡ぐ。

「もうかれこれ二十連勤です……！　二十日前だって単休を挟んだだけで、その前は二十四連勤……！　それに二十日前の単休にしたってまだ日の高い内に呼び出されて、結局……！」

ダアン!!　と凄まじい音がして、ミレイアの言葉を遮った。

アイオンが机を蹴り倒したのだ。

「ヒィッ！？！」

「――あーあーあーあー！　休み!?　休みっつったか!?　なんだそりゃ、テメー仕事に休みなんてもんがあるとでも思ってんのかよ!?」

「あ、ああああるはずですわ……！　ギルドで定められた雇用法によると……というより〝銀の舟〟の求人情報には週休二日制と……！」

「それはあくまで仕事ができるヤツの話だ！　仕事もできねえくせに一丁前に権利ばっかり主張しやがって、あぁあん!?」

「し、しかし実際に私の等級は伝説級《レジェンド》！　パーティ内では一番の戦力で……！」

「……はぁ？　伝説級《レジェンド》？　――だからなんだってんだ？」

「なっ……!?」

ミレイアは絶句した。

遊びや恋愛、他の者が享受するあらゆる幸せを寄せ付けず、努力した結果に勝ち取った伝説級《レジェンド》の等級を「だからなんだ」と？

アイオンがゆっくりとこちらへにじり寄ってくる。

まるでゴミでも見るような目で、ミレイアを見下しながら。

「いいかいお嬢さん、アンタがいかに学生時代持て囃されてようがな、社会じゃそんなの通用しねえんだよ、分かる？　分かりまちゅか？」

とんとん、と胸の板金を小突かれる。

やがて、アイオンはミレイアの豊満な胸の形に合わせて加工された板金を指でなぞり始めた。

実際に胸に触れているわけでは無いが、これは最大級の屈辱である。

しかし、ミレイアは言い返さない。否、言い返せない。

「このパーティに入ってもう二年だからそろそろ分かるよなぁ、社会人に大事なのは〝和〟だ、間違っても個人の力じゃねえんだよ、な？　はい、ウチのパーティの行動理念三番、復唱ォ」

「……我々はともに手を取り合い、いかなる苦境にも屈しません」

「そーだよなぁ、ともに手を取り合うべきだよなぁ」

アイオンは、ぱしん、と胸の板金に平手打ち。

「だったらお前だけワガママ言うわけにはいかねえよなぁ、あ？　新・人・さん」

それだけ言うと、アイオンはミレイアに背を向けた。

「あ、あとお前くだらない用事で貴重な労働時間削ったんだからペナルティな、今日のギルドの掃除当番、一人でやっとけよ」

「…………はい、失礼いたしました」

ぺこりと頭を下げ、ミレイアは部屋を後にする。

○

「お、姉ちゃんこれも捨てといてくれや」

ミレイアが雑巾片手に一人だだっ広いギルドの床を磨いていると、目の前に鶏の骨が落ちてきた。

唾液に濡れたソレが、べちゃりと床に貼りつく。

ミレイアはきっと睨みつけたが、これを捨てた男はすでにこちらなど意識の外。仲間たちとの馬鹿話に戻っている。

「……」

ミレイアは速やかにこれを処理し、再び掃除に戻った。

「でよぉ、言ってやったわけよ！」

「ぎゃははは！　そりゃ傑作だな！」

がん！　と誰かの足が、ミレイアの脇腹を蹴り飛ばす。

「うっ……!?」

「あ、わりーな姉ちゃん、……でさぁ！　更に言ってやったわけよ！」

「ぎゃはははは、それもまた傑作だ……！」

ミレイアはおもむろに立ち上がり、雑巾を握りしめたまま、ギルドを飛び出した。

男たちの馬鹿笑いを聞いていると、なんだか謎の吐き気がこみ上げてきて、耐えきれなくなったのだ。

○

「あ、いたいたミレイアちゃん、探したわよ」

ミレイアが外の風にあたって、胸のムカつきを宥めていると、彼女のもとへ一人の女性が駆け寄ってきた。

ミレイアは彼女を知っている。

冒険者にあるまじき厚化粧で顔面を固めた彼女は、ミレイアと同じく〝銀の舟〟に所属するパーティメンバー、御伽噺級魔法使《フェアリーテイル》いのアルマである。

「あ、アルマさんお疲れ様ですわ……」

「ミレイアちゃん、明日休みよね？」

挨拶も返さず、開口一番の休日確認。

嫌な予感がミレイアの脳裏をよぎる。

「え、ええ、一応、お休みということに……」

「良かった、アタシなんだか今日朝起きてからずっと喉痛くてさぁ、なんとなくだるい感じするし、明日休むかもだから、先に言っておこうと思って」

「ま、またですの⁉」

ミレイアが思わず声を上げる。

「もう、今月に入って四度目ですのよ⁉　しかも私の休日を狙ったように……！」

「……なに？　アタシが意地悪してるって言いたいの？」

「そ、そういうわけでは」

ある、あるが、正直に言うわけにもいかない。

「ねえ、アタシちゃんと言ったよね？　アタシ生まれつき身体が弱いの、それなのに無理やり働かせようってこと？」

「い、いえ……」

「だったら分かるよね？　ホラ、銀の舟の行動理念三番にもあるでしょ？」

「……わ、我々はともに手を取り合い、いかなる苦境にも屈しません……」

「だよね？　じゃあ返事は？」

「…………お大事に」

「はいどうも、じゃあアイオンにちゃんと言っておいてね、新人さん」

最後にそう言い残して、アルマは踵を返す。

ミレイアの三十連勤が確定した瞬間であった。

遠ざかる彼女の背中を見つめていると、とうとう吐き気が限界までこみ上げてきて、ミレイアは裏の茂みへ駆け込み、吐いた。

○

ミレイアは知っている。

以前、銀の舟にはシルヴァという名の伝説級《レジェンド》剣士と、ミスリィという名の伝説級《レジェンド》僧侶がいたことを。

ミレイアは知っている。

パーティリーダーのアイオンはミスリィに対して好意を抱いていたが、ミスリィはシルヴァを好いていた。

そもそも自らより上の等級を持つシルヴァにあまり良い感情を持っていなかったアイオンは、適当に理由をこじつけてシルヴァをパーティから追放してしまった。

そうすればミスリィの気持ちも自分に傾くのではないかと。

ミレイアは知っている。

結果として作戦は大失敗、なんとシルヴァの後を追いかけるようにミスリィまでパーティを抜けてしまった。

これにより、銀の舟は一気に二人の伝説級《レジェンド》を失い、もはや伝説級《レジェンド》パーティと呼べるような状態ではなくなってしまったことに。

今のパーティの惨状は、全てリーダーであるアイオンの招いたことなのだ。

これのどこが誇り高い仕事なのだろう。

誰かのためでなく、自分たちの潰れかけのパーティを維持するためにクエストを受ける毎日。

休日はおろか、給金すらマトモに支払われず、昼も夜もなく働かされ。

こんなのはもはや奴隷、いや奴隷以下……

自分は、こんなものを手に入れるために、今まであれだけの努力を……？

「限界、ですわ……」

気がつくと、ミレイアはベルンハルト勇者大学行きの馬車を取っていた。

この時、彼女が何を考えていたのか。それは本人でさえ分からない。

もしかすると輝かしき大学時代の栄光を取り戻したくなったのかもしれない。

そして、馬車に揺られながら、ミレイアは実に36時間ぶりに眠った。

第18話「明るい将来計画」

ルシルがイナリ荘にやってきてから、一週間。

いよいよ春休みは終わり、大学が始まる——

イナリ荘の裏庭には小さな祠があり、これを囲むようにハーブの咲き誇る空間がある。

ハーブガーデン……とまではいかないものの、それなりに立派なものだ。

なにせ俺が手塩にかけて育てた、言ってしまえば我が子のようなものなのだから。

今日のようによく晴れた日、朝一番で胸いっぱいに清涼なハーブの香りを吸い込むと、なんとも良い心地になる。

「どうだ、ちょっとしたもんだろ」

俺は鼻も高々、後ろで控えたルシルの反応を窺う。

しかし、なんだか思っていた反応と違った。

なにやら青ざめているようにも見える。

「あれ……？　これ……理想郷にだけ咲くとされているエデンシアでは……？」

「へー、これそういう名前の品種なんだ」

ルシルは博識だなぁ、と感心する。

ところで理想郷ってどこだ？

多分語感からして南の方だろうけど。

「大家殿は、まさかこれをハーブティーに……？」

「そうそう、香りもよくて効能抜群、摘んでも摘んでも生えてくるからな、やっぱハーブの生命力ってすごいよなぁ」

「摘んでも摘んでも生えてくる……？」

ルシルがくらりとした。

なんだ、ルシルも低血圧なのか？

「まったく大家殿には驚かされるばかりだ……」

「なんだよ、今の時代男でもハーブぐらい育てるだろ？」

「そうではなく……いや、いいや、そういうことで……」

彼女ははあと一つ深い溜息。

なんだか知らんが、今何かを諦められたような気がする。

その時だった。

「ただいま帰りましたよ、大家さん」

ふと見ると、おぼつかない足取りで坂を上ってくる全身黒づくめの魔女っ娘の姿。

首にはマフラーが巻かれている。

「おかえりシェスカ、夜練おつかれ、ハーブティー飲むか？」

「いただきます」

そう言ってシェスカはハーブを踏まないように祠へ近づくと、その場にしゃがみこんでぱんぱんと二度手を叩き、頭を下げた。

「シェスカ殿は一体何を？」

「ああ、これがイナリ荘の作法なんだ、祠の前でこう、手のひらを二回合わせて、最後にお辞儀」

「どんな意味が？」

「俺もよく分からないけど、前大家さんがそういう風に教えてくれたんだ、これはイナリ荘の守り神を祀る大事な祠だから、粗末にするなって」

「そうなのか、では私も新しい住人として倣おう」

ルシルはシェスカの隣に跪いて、見様見真似で二拍一礼。

どれ、俺も一つ拝んでおくか……

「――ふむ、やっておるようじゃのう、感心感心」

「うおぉっ!?」

突然声をかけられ、朝っぱらから野太い悲鳴を上げてしまう。

これはルシルも同様だったようで、びくりと肩を震わせて後ろを振り向いていた。

俺もまた心臓をばくばく鳴らしながら振り返る。

するとそこには、案の定。

「こーんこんこん、もはやお馴染み、イナリ荘のマスコットキャラのテンコちゃんじゃ」

「毎回毎回どっから現れてんだアンタは！」

彼女の世迷言はこの際無視して、俺はツッコミを入れる。

神出鬼没とはまさにこのこと、もうかれこれ四年以上の付き合いになるのに、未だに前大家さんの行動パターンが読めない！

「ふらりと帰ってきて、ふらりと出ていく……それが許されるのが実家の醍醐味じゃろ？　というわけであらかじめ予告しておくが、ワシ今回も予告なしで消えるから、こーんこんこん」

「もう訳分からん」

屁理屈は良いから、帰る前には一言予告してほしいものだ。

慌ててお茶請けの油揚げを用意するこちらの気持ちにもなってくれ。

が、大家さんの傍若無人ぶりはもはや他の追随を許さない。

こちらの気苦労などなんのその、さっそくルシルとシェスカに絡んでいる。

「久しぶりじゃのうルシル、ワシとの約束は守っておるか？」

「え、ええ、勿論ですとも……」

「ならよし、……おお、シェスカちゃん久しぶりじゃのう、五百年ぶりぐらいか？」

「二週間ぶりですよ前大家さん」

「あれ、そうじゃったっけ？　近頃どうも大昔のことが昨日のことのように思えてのう……って、誰がババアじゃ！」

「いっへまへん」

むにょーんと、シェスカの頬を引っ張る前大家さん。

彼女の頬は実によく伸びたが、表情筋は不動だ。

「むう、相変わらずの低血圧ぶり、ちゃんと飯は食っておるか？」

「大家さんが、作ってくれますので」

「なっ!?」

「ほほう……？」

何故か一番驚いた様子のルシルと、ニヤニヤと意味ありげな視線を送ってくる前大家さん。

……なんだよ。

そしてなんでシェスカは勝ち誇った表情なんだよ……

「おぬしらの仲の良さは、見てるこっちまで恥ずかしくなるわい」

前大家さんにこのこの、と肘で小突かれる。

作った料理の余りをおすそ分けしてるだけで、どうしてこんな反応をされにゃならんのだ……

「いっそシェスカちゃんを嫁にもらって、イナリ荘は夫婦経営にしてしまうというのはどうじゃ？」

「なっ！！！？」

なんでお前が一番驚いているんだ、ルシル。

そしてシェスカ、無表情のまま頬を抑えて「ぽっ」みたいな仕草をするな。表情筋が微動だにしていないぞ。

「これでもし私が社会に出られなくなったとしても、大家さんが養ってくれるんですよね」

「決めるな、勝手に」

「でも実際おぬしもいい年じゃろ？」

「まぁ、それはそうですけど」

耳の痛い話だが、確かに俺も今年で23歳。

家庭というものに対して、少なからず憧れはあるが……

「――私は！」

と、その時、おもむろにルシルが声を張り上げた。

俺たち注目を一身に集めると、ルシルはにやりと口元を歪めて――

「……いずれ大きな冒険者パーティに所属して、バリバリ稼ぐつもりだ。それこそ大家殿を養えるほどに……！」

「なっ⁉」

何故お前が驚くんだシェスカ。

そして何を言っているんだルシル。

「私が稼ぎに出て、大家殿には専業主夫として家を守ってもらう……！　ほら、素晴らしい家庭が目に浮かぶようではないか！」

おい、専業主夫ってなんだ。

儲からないし、一日中家の周りうろついているしで勘違いしているのかもしれないが、大家さんだって仕事なんだよ一応。

というか本当に何を言っているんだルシル。

「いいえ、それは古い考えです。真の幸福とは、大家さんの微々たる家賃収入で二人身を寄せ合いながら細々と暮らす、私の将来計画のことですね」

おい、とうとう言っちゃったよ。

微々たるって、細々とって。

というかシェスカもシェスカで何張り合ってんの？

「若いっていいのう……って誰がババアじゃ！」

そんでどうして前大家さんは一人ノリツッコミがてらに俺を殴るの？

もうこの人が一番理不尽だろ。

一人置いてけぼりを食らい、茫然とする俺。

ルシルとシェスカの間に見えない炎がめらめらと燃え盛っているのを感じた。

彼女らは一体何を張り合っているのだ……

「埒があきませんね、大家さんはどっちがいいですか？」

「そうとも、大家殿の意思を尊重せねばなるまい」

矛先が、こちらへ向いた。

女の子二人の、鷹のように鋭い視線、そしてニヤニヤとこの状況を楽しむような前大家さんのいやらしい視線を受け、俺は——

「……いや、アパートの大家さんと住人ができちゃったらマズイでしょ……」

瞬間、場から熱が引いた。

こちらに向けられていた視線が、その一言で絶対零度にまで冷え切る。

え、俺なんか変なこと言った？

「ヘタレ」

「野暮天」

「KYなのじゃ」

「えっ……」

三人がかわるがわるに罵倒の言葉を吐きつけてきた。

「私はこれから初講義があるので失礼する」

「私は一度お昼寝をして午後の講義に備えます、おやすみなさい、ぺっ」

ルシルとシェスカは最後にそんな言葉を残すと、すたすたとこの場を後にし、残ったのは呆れたような目つきの前大家さんのみ。

なんだ、この虚しさは……

「俺が何をしたって言うんだ……」

「朴念仁」

慰めてほしかったのに、トドメの一撃をもらった。

第19話「私の帰る場所」

「お嬢さん、着いたよ」

「っ……？」

ミレイアは御者の声で目を覚ます。

初め、ミレイアには自らを取り囲む状況が判断できなかった。

どこだここは？

家……じゃない。

ギルドの硬い床でも、遠征先のキャンプでもない。

寝惚け眼をこすりながら、外の様子を窺う。

そこにはベルンハルト勇者大学があった。

「……………っ!!?」

ここでようやく、ミレイアは思い出す。

そうだ、私は仕事の疲れから一時の気の迷いでベルンハルト大学行きの馬車を……！

ああ、何をしているんだ私は!?

今は何時だ!?　今から戻れば、次の出勤には間に合うか……！

「お嬢さん、早く降りてくれないかな、後がつかえてるから」

「あ、す、すみませんですの！」

軽いパニック状態に陥りつつあったミレイアは、御者の言葉で我に返った。

ミレイアは慌てて代金を支払い、馬車を飛び降りる。

間もなくばしんと手綱が鳴り、馬車は行ってしまった。

ミレイアはその場に立ち尽くし、呆然とこれを眺める。

「……行ってしまいましたわ」

ぼそりと呟き、ちらとベルンハルト勇者大学を見やる。

……せっかくここまで来たのだ。

日が暮れるまでに馬車へ乗れば、明日のクエストにはギリギリ間に合う。

なら
「ちょっと、ちょっとだけですの……」

ミレイアは、大学へ向かっておぼつかない足取りで歩き出した。

○

「あれ!?　ミレイア先輩!?」

ミレイアが懐かしき学び舎に足を踏み入れ、感慨に耽っていると、間もなく一人の女学生がミレイアを指して、声をあげた。

「ミレイア先輩って、あの——伝説級《レジェンド》の!?　ゴア・ボアを簡単に倒しちゃったっていう!?」

「嘘！　どこどこ！」

「ほらあそこ！　絶対ミレイア先輩だって！」

廊下を歩く女学生の一団がミレイアを遠巻きに眺めて、声をあげている。

ミレイアは彼女らを覚えていなかった。

しかし礼儀として、一応会釈だけはする。

すると、たちまち女学生たちがミレイアの下へ駆け寄ってきて、きゃーきゃーと黄色い歓声をあげた。

「ほら！　やっぱりミレイア先輩じゃないですか！　お疲れ様です！」

「ど、どうもですの……」

「今日はお休みですか!?　聞いた話だと伝説級《レジェンド》パーティに所属してるって……！」

「え、ええ、まあ、そうですわ」

「やっぱり本当だったんだ！　ああ、ミレイア先輩は私たちの期待の星です！　多重詠唱《マルチスペル》を使いこなす魔法騎士だなんて！」

「そ、そんなに大したものではありませんわ」

とは言いつつ、内心ミレイアは鼻高々であった。

普段は怒鳴られ、なじられるばかり。

誰かに褒められ、持て囃されるなど、一体いつ振りだろう。

……しかし、なんだろう。

ミレイアは自らの乾いた心が潤うのを感じる一方で、妙な違和感を覚えつつあった。

まるで甘いお菓子で空腹を満たしてしまった時のような、あのなんとも言えない気持ち悪さ。

その違和感の正体を突き止めない内に、ある老年の男性が声をかけてくる。

「おお、誰かと思えばミレイアじゃないか、久しぶりだな」

「ば、バミル教授！」

ミレイアが大学時代最もお世話になった教授の一人、老騎士バミルがこちらに微笑みかけてきていた。

おそらく次の講義に向かう途中なのだろう、両手いっぱいに紙束を抱え込んでいる。

「その節は大変お世話になりました！」

「はは、相変わらず礼儀正しいなキミは、どうだ、頑張っておるかね？」

「え、ええ、目も回るくらい忙しいですけれど、楽しい仕事ですわ」

後半は真っ赤な嘘だ。

しかしバミル教授は「そうかそうか」と満足げに頷く。

「最初の内は皆そんなものだ、ここを乗り切れるかどうかで人間としての格が決まるからな、根性だぞミレイア」

「こ、根性……ええ、そうですわね……」

「まぁ、ミレイアならその点は心配ないな、お前らも毎日遊んでばっかりいないで見習わんとだぞ」

「すみませ〜〜ん」

女学生の一人がおどけたように言って、皆の笑いを誘った。

ミレイアも「ははは……」とひきつった笑みをもらす。

ただただ、胸が痛かった。

「さ、もうすぐ講義が始まるぞ、ミレイアも久しぶりの大学だろう、ゆっくりしていってくれ」

「あ、はい……ですわ……」

「じゃあミレイア先輩、お疲れ様です！　私たちは講義に行きますんで！」

「お仕事、頑張ってくださいね！」

「は、はい、皆さんも講義頑張ってくださいですわ～……」

バミル教授の背中にくっついて、女学生たちがその場を後にする。

ミレイアは遠ざかる彼女らを見送りながら、なんとも形容しがたい虚無感に襲われていた。

胸の中が真空状態になり、内側からめこめこと潰れていくような……苦しいような、痛いような……

その正体が判然としないままミレイアは幽鬼のように学内をさまよった。

……なんだこの感覚は？

皆が優しくしてくれて、その温かい歓迎に裏などはないはずなのに、何故こんな気持ちになるのだろう……

そんな時である。

「し、失礼いたします！」

突如、背後から声をかけられた。

振り返ってみると、そこにはやはり見覚えのない竜人《ドラゴニュート》の女学生が、かちこちに身体を強張らせて佇んでいた。

腰に携えた剣と盾を見る限り、戦士だろうか？　とミレイアは推測する。

「わ、私は今年ベルンハルトに入学した戦士、ルシル・シルイットと言う……言います！　不躾ながら、貴殿はミレイア・クリュオール殿では!?」

「……ええ、その通りですが、何か？」

「やはり！　私も伝説級《レジェンド》を目指している……います！　だから数少ない伝説級《レジェンド》のミレイア殿は私の憧れなのだ！」

ルシルと名乗る竜人《ドラゴニュート》の女学生が、きらきらと目を輝かせた。

ミレイアほどにもなると、こういった手合いに声をかけられるのは別段珍しいことでもない。

「あら、それは光栄ですわね」

ミレイアがにこりと微笑みかける。

ルシルは、春に花が開くように、ぱああっと表情を明るくした。

「伝説級《レジェンド》でありながら、それを鼻にもかけないとは……やはり貴殿は素晴らしい御方だ！　是非！　伝説級《レジェンド》になるための秘訣を聞かせていただきたい！」

「ひ、秘訣って、そんなに大したものじゃありませんのことよ、でもまぁしいて言うなら――」

やはりミレイアは内心鼻高々。

仕方がありませんわね、という具合で「伝説級《レジェンド》の心構え」なるものを披露しようとする。

しかし、ここでミレイアはぴたりと動きを止めた。

「……？　どうかしたか、ミレイア殿？」

ルシルが心配そうに尋ねかけてくる。

一方ミレイアは――それどころではなかった。

何故なら彼女は気付いてしまったのだ。

先ほどから自らの胸の内でぐるぐる巡る謎の虚無感の正体に。

ミレイアは思う。

――私は確かに伝説級《レジェンド》としてベルンハルト勇者大学を卒業し、伝説級《レジェンド》パーティ銀の舟に加入した。

彼女らからすれば、私は期待の星だろう、憧れだろう。

でも、それはあくまで他人行儀な〝お客様〟に向けられた言葉だ。

彼女らは大学生であり、私は社会人である。

ああ、ようやくわかった、どうして私があの状況下でベルンハルトを訪れたのか。

きっと深層心理で願っていたのだ。

何もかもが輝いていた大学時代に戻りたい、などと。

でも無理だ。

いくら彼女らが好意的に見えようが。

いくら目の前の彼女に先輩としてくだらない講釈を垂れようが。

無理なものは無理なのだ。

――私が大学生に戻ることなんて。

「うぷっ……!?」

途端、ミレイアを最大級の吐き気が襲った。

彼女は口元を押さえて、その場を駆けだす。

「み、ミレイア殿⁉　急になにを……！」

ミレイアは背後にルシルの声を感じながらも、廊下を駆け抜け、ベルンハルト勇者大学を飛び出した。

ここではない、ここではない。

私の帰る場所はここではない――！

○

大学から徒歩三分ほど。

そこにはミレイアが大学時代の四年間を過ごしたアパート〝ホワイト・クラウン〟がある。

ミレイアはこのアパートを気に入っていた。

白一色の外壁の美しさもさることながら、とりわけ朝一番に窓に映るベルンハルト勇者大学を眺めながら紅茶をたしなむのが、なによりの楽しみだった。

彼女の部屋は２０７号室、そこからの景色は実に素晴らしく……

「……こんにちは」

ミレイアが廊下で在りし日の思い出に耽っていると、２０７号室から二人組の男女が出てきた。

女性の方が軽く会釈をして、男とともにミレイアの傍を通り過ぎていく。

「……誰あれ、お隣さん？」

「かなぁ、引っ越してきてもう一か月になるけど、まだ見たことないんだよね、お隣さん」

「えーじゃあ、いっつも夜お前が喘いでるの聞かれてるかもよ」

「もうやめてよジル君！」

ふふふふ、と笑いながら遠ざかっていく仲睦まじい二人組。

鍵のかかった２０７号室の扉を見つめたまま、ミレイアは実に端的に思った。

……あ、そっか、私の帰る場所ってもうないんですのね。

第20話「自分の人生」

ベルンハルト勇者大学、別館食堂。

混雑時は金のない学生諸君が殺到してさながら戦場なのだが、まだ昼前ということもあり幾分か席には余裕がある。

そんな中、彼女は壁際の最後列——要するにこのだだっ広い食堂の隅っこで、テーブルに顔を突っ伏していた。

通り過ぎる学生たちは一瞬彼女を横目で見やるが、すぐに興味を失う。

何故なら彼らは一人として気付いていない。

彼女が誰であるか。

もはや言うまでもないだろう。

行き場を失い、途方に暮れた挙句、結局大学まで戻ってきてしまった——ミレイア・クリュオールである。

「もう嫌ですわ……」

自然と口をついてそんな言葉が出る。

事実ミレイアは消耗しきっていた。

それはそうだ。

社会の荒波に揉まれ、半ば無意識的に職場を逃げ出してきたまではいい。

しかし彼女の心は癒されなかった。むしろ気付かされただけだった。

自分にはただの一時でさえ逃げ込める場所などないのだと。

自分の帰る場所はただ一つ、沈みかけの銀の舟だけなのだと……。

「……いっそ職場に神話級《ミソロジー》モンスターでも襲撃してきてくれたら」

そうしてパーティが壊滅すれば、こんなに苦しい思いをする必要もないのに。

……などと考えるが、妄想にしたってバカげている。

神話級《ミソロジー》モンスターの襲撃など、パーティリーダーアイオンの脳天に雷の直撃する可能性の方がまだ高いだろう。

いくらこんなバカげた妄想を続けたところで、明日もまた仕事なのだ。

地獄の三十連勤はまだ終わっていない。

「もう、なにもかも投げ出したいですの……」

はあああ、と深い溜息を吐く、すると。

「──投げ出しちゃえばいいんじゃね？」

「……え？」

前触れもなく、頭上から声がかかった。

ミレイアはゆっくりと顔を上げ、声の主を認める。

彼は──どこかすっとぼけた顔で、ミレイアの対面に座していた。

「あ、あなたは……!?」

「ん？　ああ、どこの誰かと思ったらミレイアか」

ミレイアは自らの名を口にした彼を知っている。

オルゴ・ノクテル。

二年前の等級認定試験で知り合った語り草級《トピック》志望の男子学生だ。

「あ、あなた何故こんなところに⁉」

「何故って……飯だよ飯、いいよな学食、安くて」

オルゴはこともなげに言って手元の一皿を指した。

ミレイアは思わず顔をしかめる。

真っ白な皿に灼熱のごとき紅蓮のスープ。

ミレイアは初め、そのあまりに凄まじい紅さに、スープに浮かぶ白い塊を人骨か何かと空目したが――違う、それは白身魚だ。

「……なんですの、これ」

「リムリム魚の激辛煮だよ、美味いんだよなこれ」

「食べ物なんですの……？」

「めちゃくちゃ失礼だなお前、というかなんだ、ミレイアは学食初めてか？」

「……学生時代もほとんど来たことはありませんわ、こんなに騒々しい場所で食事なんて……」

「勿体ない、試しに一口食ってみろよ」

そう言って、オルゴはミレイアに皿とスプーンを差し出した。

立ち上ってくる刺激臭に、ミレイアがむせる。

「げっほげほっ⁉　目がっ……！　鼻がっ……！　こ、こんな危険物食べられるわけありませんわ！」

「失礼極まってるな、騙されたと思って食ってみろよ」

「嫌ですの！　無理ですの！　なんであなたなんかに騙されないといけないんですの！」

「……ふうん、まあ、お嬢様に庶民の味が分かるわけないか」

「なっ……⁉」

オルゴの放った一言にミレイアは過剰な反応を示した。

——さすがいいとこ出のお嬢様は違うね。

——これだからお嬢様は。

等、彼女は今の職場で自らの出自を揶揄されるような罵倒を、幾度となく受けてきたからだ。

ミレイアはオルゴの下げかけた皿をひったくり、そしてスプーンでひと掬い。

「おっ」

「私がお嬢様であるかどうかは関係ありませんわ！　ミレイア・クリュオールを舐めないでくださいまし！」

そしてミレイアはひと思いにスープを口の中へ。

瞬間、爆発。

「〜〜〜〜〜〜〜っ！！？」

辛いというより痛い。

未知の感覚が、ミレイアの口中を支配する。

彼女は声なき悲鳴をあげ、悶えた。

「……大丈夫か？」

「これぐらいへいぎでずの」

「平気なやつはそんな濁った声出さないぞ……水いるか水」

「そうでずね、口直しに……あ、いえ!?　お待ちください！」

席を立ちかけたオルゴを制して、ミレイアは驚いたように言う。

「こ、これはただ暴力的な辛さだけではありません！　なんと深みのあるスープ……！　貝類……それも翡翠貝を使用していますね!?」

「おお、一口でよく気付いたな」

「と、当然ですわ！　私はグルメなんですの！」

「さすが」

オルゴは悪戯っぽく笑うと、自らもスープをすすった。

「うん、やっぱり美味い」

彼はそう言って、屈託のない笑みを浮かべる。

そんな彼の様子を眺めていると、ミレイアはふと思った。

「……あなたは、今何をしているんですの？」

「ここから少し離れた場所にあるアパートで、大家さんやってるよ」

「大家さん？　公務員ではなくて？」

「よく覚えてたなそれ、でもお前も知ってるだろ、空白級《ブランク》を雇ってくれるところなんてどこにもないさ」

「空白級《ブランク》……」

ミレイアは等級認定試験当日のことを思い出す。

笛吹き羊と、未知のドラゴン。

……彼はきっとただの空白級《ブランク》ではない。

しかし、あの狐耳の少女との約束を思い出し、喉まで出かけた言葉を飲み込んだ。

代わりに、素朴な疑問を投げかける。

「……大家業と言うのは、その、どうですの？」

「どうもこうも、貧乏暇なしだ。家賃収入は微々たるもんだし、休みなんてない。こんなはずじゃなかったのになぁ」

「そ、そうなんですの？　では、辞めたいと思ったりは……」

「――いやぁ、それはないいな」

オルゴはきっぱりと言い切った。

この反応にミレイアは驚きを隠せない。

「……望んだ職でもなく、生活も辛いのに、辞めたくなりませんの？」

「キツイと思うことはあるよ、でも辞めたいと思ったことは一度もないな」

「そ、それは何故ですの!?」

ミレイアは身を乗り出して尋ねかけた。

どうしてか、彼の返答が今自らを取り囲む状況を解決する手がかりになるような、そんな予感がしたのだ。

夢破れた彼は、一体どのような答えを見出したのか。

オルゴは「うーん」と少しだけ悩むようなそぶりを見せて、そして――

「なんだろ、意外と性に合ってたのかな」

「え」

予想に反して淡白な回答に、ミレイアは拍子抜けする。

「それだけ……？　もっとこう……大家業を営むことによって、なんらかの形で公務員の職に繋がるような、そんな理由があるのでは……？」

「ないない、こちとらボロアパートの大家さんだぞ、真面目だなミレイアは」

「真面目って……！　信念を貫くことは、普通のことでしょう⁉」

思わずミレイアは声を荒げてしまう。

彼の導き出した答えは、信念に生き、死に物狂いで伝説級《レジェンド》の等級を勝ち取ったミレイアの人生そのものを否定しかねないものであったからだ。

しかし、これに対してオルゴはこともなげに答える。

「信念を持つのはもちろんいいことだと思うけど、貫く必要はないだろ、誰に言われたわけでもなし」

「いいえ！　信念は貫かなければ意味がありませんわ！　そうでなければ今までの努力はどうなるんですの⁉」

「残るだろ？　ちゃんと自分の中に」

「っ……!?」

ミレイアは言葉を失う。

何故ならば彼が当たり前のように語る言葉は、彼女にとって全く未知の価値観だったからだ。

「結局、俺たちは生きてるんだよ、曲がることも寄り道することも——なにもかも投げ出したくなることだってあるさ、でも足跡は確実に増え続ける、それでいいじゃないか」

「そ、そんなことが許されるんですの……？」

「許すもなにも、自分の人生だろ？」

「あ……」

ミレイアは、いよいよ言葉を失ってしまった。

——今日その時までミレイア・クリュオールの人生とは、どこぞの誰かのためのものであったのだ。

誰かのために身を粉にして働き、誰かの期待に応えるため奮闘する。

だからこそ、そんな当たり前のことに気付く暇などなかった。

——自分の人生は、自分のものなのだと。

「……あの」

「うん？」

「こんなお願いするのは、非常に、その、不躾かもしれないのですが……」

「とりあえず言ってみてくれよ」

「……久しぶりの大学、一人では心細いんですの、だから一緒に回ってくれませんこと……？」

「ああそんなことか、これ食い終わったらな」

そう言って、オルゴは優しげに微笑んだ。

第21話「亡国の鵺」

――拳士の国、龍泉。

〝牙獣〟と呼ばれる異形の存在が跋扈するその世界に、武器や魔法などという脆弱なものは存在しなかった。

信じられるものは己が拳のみ。

磨き上げてきた拳だけが唯一無二の正義。

弱者は喰らわれ、強者は蹂躙する。

そんな世界で、拳の頂点に君臨した一匹の牙獣がいた。

多くの武芸者を呑み込んだ〝天突きの竹林〟、その最奥に鎮座するのが彼だ。

曰く、その腕力たるや一振りで山を崩し、その身軽さたるや夢幻のごとし。

名のある神すら恐れ慄く白面銀毛隻眼の大猿――

それが配下である怪虎〝憎悪のショウメン〟とともに千年以上にわたり数えきれないほどの武芸者を葬ってきた〝悲哀のハクメン〟その正体である。

しかし彼らの神話はある日終わりを迎えた。

十六代目紫桜と、二十二代目勇魚。

二人の神話級《ミソロジー》武術家が、辛くも勝利を収め、彼らに未来永劫解けることのない封印を施したのだ。

神話級《ミソロジー》、悲哀のハクメン。

及び神話級《ミソロジー》、憎悪のショウメン。

彼らの永い眠りが、今まさに覚めようとしていた。

○

イナリ荘裏山廃墟跡に、一人の男が立っている。

薄汚れたローブで頭から爪先までをすっぽりと覆った、痩せぎすの男。

彼は小刻みに身体を震わせ、くつくつと笑っていた。

「ようやく……ようやく揃ったぁ！」

彼はにたりと口元を吊り上げ、足元のソレを蹴り飛ばした。

——ソレは、胴体から切り離された猿の頭部である。

猿の頭は血の海をばしゃばしゃと転がり、そしてあるものにぶつかった。

ズタズタに引き裂かれた、虎の足である。

「かはっ、ひっ、きひひひぃ！」

男は唾液を撒き散らしながら、狂ったように笑う。

「竜、狸、猿、虎……！　長かった、長かったぞ！　我が悲願がようやく成る！」

男は懐から一枚の札を取り出し、これを血だまりへ落とす。

舞い落ちた札は、じわじわとどす黒い血の色に染まっていって、そして——二千年の刻を経て、ある術式が作動した。

「――あの忌まわしき狐ですら気付かなかった最後の仕掛け！　神話級《ミソロジー》の残滓を融合させ、新たな生命を生み出す、我が生涯をかけた秘術！」

そうして男は両手を大きく広げ、天を仰ぐ。

すると血だまりがぼこぼこと泡立ち、そして黒煙をまとって、一体の〝獣〟が産まれた。

悲しみをたたえる〝猿〟の顔。

でっぷりと太った〝狸〟の胴体
強靭なる〝虎〟の脚。

そして――邪〝竜〟の尾。

男は、今此処に神話の化け物を作り上げてしまったのだ。

「はははははは!!　かつて帝を死の淵まで追いやった最凶最悪の獣！　亡国の象徴！　ここに顕現せり！」

異形の獣が嘶く。

その奇怪な声が山中に轟いたのち――山から生物の声という声が消えた。

後に残るは、男の狂気に染まった笑い声のみ。

「は、ははははは!!　素晴らしい素晴らしいぞ！　さあ今こそ役目を果たす時だ！　あのにっくき終止符級《ピリオド》――天狐を殺せ！」

男の言葉に従い、獣は雷光のごとき速さで姿を消す。

神話級《ミソロジー》、亡国の鵺《ぬえ》は凄まじい力の残り香をたどって、一直線にベルンハルト勇者大学へと向かった――

第22話「白昼夢」

「――まるで幽霊みたいだね」

講義開始前にミレイア・クリュオールと言葉を交わした女学生の一団。

その内の一人、ボブショートの彼女がおもむろに言った。

女学生たちはそれがそもそも何に対してのコメントなのかも分からず、不思議そうに首を傾げる。

「何が？」

「ミレイア先輩のことに決まってるじゃん」

「……その心は？」

「だからさあ」

ボブの彼女は教えでも説いているつもりなのか、どこか得意げに人差し指をくるくる回しながら。

「ミレイア先輩に限らず、ウチってけっこー頻繁に卒業生が遊びに来るじゃない？」

「まあ、週に一度は誰かしら見るよねえ」

「ふつーに考えておかしいわよ、卒業した大学になんの用事もなく遊びにきて」

「たしかに、暇潰しにしてはちょっと多すぎるかも」

「皆それほど近くに住んでるわけでもないのにね」

「――きっとみんな仕事で上手くいってないのよ」

自信満々にそう主張すると、女学生のうち何人かは「ああ、なるほど！」と感心したような声を漏らした。

温めてきた持論の反応はおおむね良好。

彼女は更に得意になって続ける。

「結局のところ今が上手くいってないから過去に縋ろうとするんだよ、本当に今が絶好調ならこんなところ遊びに来る暇なんかないに決まってるじゃん！」

「はー、なるほどね」

「まぁ正直、皆あんまり上手くいってるようには見えないよね」

「ミレイア先輩もなんだかやつれてたし……」

うん、やつれてたやつれてた、と声をがあがる。

皆、声に出さねど気付いていたのだ。

偉大なる先輩、ミレイア・クリュオールの翳りに。

「ぶっちゃけ、迷惑だよねえ」

賛同を得て勢いづいたボブの彼女は、いよいよそんなことを言い始めた。

しかし女子間での〝空気〟の力と言うのはたいへん恐ろしいもので、彼女を咎める者はいない。

むしろ先ほどで本心からミレイアを慕っていた者たちまで、次第とそういう気分になってくる。

彼女たちの間でのミレイアは、〝未だ過去の栄光に縋る迷惑な先輩〟になりつつあった。

「自分たちが卒業したことにも気付かないでまだ学生のつもりなのよ、ほら、なんだか幽霊みたいじゃない？」

「じゃあウチはさしづめお化け屋敷だね」

「はは、こわーい」

女学生たちがくすくす笑う。

それは亡者を嘲る生者たちの姿そのものであった。

そんな時である。彼女らの進行方向に、話題の彼女の姿が——

「あ、噂をすればミレイア先輩」

「やっぱりまだうろうろしてたんだ」

「ちょっと、聞こえちゃうって」

「早く成仏したらいいのに、もうここには居場所なんか……」

ボブの彼女がそこまで言いかけて、しかし口をつぐむ。

他の者たちも同様だ。

口は固く閉じ、反対に目を大きく見開いていた。

何故か？

それは、ミレイアの隣に男の姿があったからである。

「——だから！　そんなもの食べられるわけがありませんわ！」

「いや騙されたと思って食ってみろって芋虫パン！　ウチの購買の名物なんだって！」

「食べ物につけるネーミングじゃありませんわ！」

「本当に芋虫使ってるわけじゃないから！　尻尾だけでいいから！」

「ひぃっ!?　なんか先端から緑色のクリームが……グロすぎですの！　近付けないでくださいまし

！」

椅子に腰をかけた二人の男女が、人目も憚らずにじゃれ合っていた。

いやにディティールにこだわった芋虫型のパンを押し付け合いながらはしゃぐ様は、いっそ微笑ましくすらあり。

そして彼女らはこの光景を前にして、一瞬で状況を理解した。

「……ミレイア先輩、彼氏に会いに来てたんだ」

この時のボブショートの彼女の複雑な表情とくれば、思わず皆が目を逸らしてしまったほどだという。

○

「意外といけますわね！」

数分前の激しい攻防から一転。

ミレイアは尻尾だけに留まらず、芋虫そっくりのソレを腹のあたりまで齧って、両目をキラキラと輝かせた。

言うまでもなく、これを勧めたオルゴは「だろぉ？」とにんまり顔である。

「この緑色のクリーム……アシヘミの果実を使っているのですね！　濃厚でありながらしつこくなく、モヨルの乳との割合が絶妙ですわ！」

「なかなかやるな、自称グルメは伊達じゃないってか」

「ふ、ふん、あなたに褒められても別に嬉しくありませんわ」

オルゴがあまりにもストレートに褒めるものだから恥ずかしくなったのか、ミレイアはそっぽを向いてちびちびと芋虫パンを齧り始めた。

少し前のオルゴなら、この反応を見て彼女を「可愛くないヤツだな」と思っていたのかもしれない。

だが、彼にはそろそろミレイアのことが分かり始めていた。

彼女は、ただ少し人よりも素直でないだけなのだ。

「ミレイアはどこか行きたいところとかないのか？」

「えっ……」

ここで話を振られたのが意外だったのか、ミレイアは少し戸惑ったような反応を見せた。

口端に緑色のクリームがついている。

「どうして、そんないきなり……」

「だってせっかく遠路はるばる帰ってきたのに、俺が案内するばっかりじゃ勿体ないだろ？　ないのか？　ミレイアには思い出の場所とか」

「私の、思い出の場所……」

ミレイアは逡巡した。

実のところ、ミレイアにはそれがあった。

彼女にとっての思い出の場所が。

ミレイアは一瞬、窓の外へ目をやり――

「……いえ、ありませんわ」

そう言って、かぶりを振った。

「ん？　なにその反応？」

「なんでもありませんわよ」

「本当は行きたいところがあるんじゃ……」

「──だから、なんでもありませんわ！」

ミレイアは語調を強めて、これを否定した。

それはミレイア本人にとっても予想外の行動だったのだろう。

彼女はややあって我に返り、咄嗟にオルゴの表情を窺った。

オルゴは特に驚くでもなく咎めるわけでもなく、ただ静かにミレイアを見据えている。

その目で見つめられると、途端に耐え切れなくなって、ミレイアはとうとう席を立った。

「……ごめんあそばせ、ちょっとお手洗いに」

「そうか、ちょうどよかった」

オルゴは「よっこらせ」とどこからともなく編み棒と毛糸玉を取り出す。

「まだまだ外で作業するには肌寒いからな、手袋でも編もうと思ってたんだ、多少長くなってもいいぞ」

「……そうですの、では」

ミレイアはそれだけ言い残して、その場を後にした。

そして十分距離をとると、彼女は誰にも見えないよう密かに涙を流した。

——彼は、さりげない気遣いというやつが下手すぎる。

「惨めですの……」

ぼろぼろと大粒の涙が頬を伝った。

これ以上自分を嫌いになりたくはないと、必死で涙を堪えようとするのだが、これがどうにも止め処がない。

——ああ、何故、どうして自分はこんなにも不自由なのだ。

くだらない意地やプライドに振り回されて、結局何一つ上手くいかない。

こんな可愛げのない私を気にかけてくれるオルゴ・ノクテル——彼には本当に感謝しているのだ。

なのに、べっとりと身体にこびりついたそれらが、私を素直にさせてくれない。

あまつさえそんな彼を怒鳴るなんて、まるで子どもではないか。

……いや、子ども以下だろう。

「ありがとう」と「ごめんなさい」

こんな簡単な二語も口にできないようでは。

「いっそ消えてしまえば全部楽になるのかもしれないですわね……」

そんな暗い考えが、彼女の脳裏をよぎる。

どうせ居場所なんてどこにもない。

無暗やたらに周りへ迷惑をかけるだけの自分ならば、消えてしまった方がよっぽど世のため人のためではないか。

……ああ、でも明日は仕事だった。

戻ろう、このまま馬車に乗って、銀の舟に。

これ以上誰かに迷惑をかける自分がここにいるという事実が、耐えられない――

「――やっと見つけたぜ、新人」

そして背後から聞こえてくる、どこか神経質そうな男の声。

……迎えがきたようだ。

ミレイアはゆっくりと後ろに振り返る。

そこには、醜く顔をひきつらせた二人の男女の姿があった。

言うまでもない。

伝説級《レジェンド》パーティ〝銀の舟〟――すなわちアイオンとアルマの二人だ。

「ふふ、心配したわよ新人さん、急に消えちゃうんだもん」

「……よくここが分かりましたね」

「ちょうどオマエが馬車に乗り込むところを見てたヤツがいてよ、慌てて追いかけてきたってわけさ」

アイオンが大仰に肩をすくめて「やれやれ」とでもいった風なポーズを作りながら、ミレイアに詰め寄る。

ミレイアは逃げる素振りも、抵抗する素振りも見せない。

もう、どうでもよかったのだ。

アイオンの顔が鼻先の触れ合う距離にまで迫る。

「お前のせいで俺たちの貴重な時間が潰れた、ここまでの馬車代に今日一日分の損失、加えて迷惑料……今月はタダ働きだな、新人さん」

「……はい」

ミレイアは生気の抜けた声で応える。

もう余計なことは考えたくなかった。

今日の出来事は、全て白昼夢のようなもの。

結局のところ、自分は擦り切れるまで働くしかないのだ――

そんな時である。

「……なにあれ」

「あん?」

おもむろにアルマが窓の外を眺めて言った。

遅れてアイオンがアルマの視線を追う。

そして最後、ミレイアが虚ろな瞳を横へずらして――ソレを見た。

窓の外、こちらを覗き込んで不気味な笑みを浮かべる異形を。

「趣味の悪いオブジェね、ホント学生の考えることは分かんないわ」

「……いや待て、生きてるぞ、アレ」

「え?」

猿の頭に狸の胴体、虎の脚に竜の尾。

生物として明らかに無理のあるフォルム。

継ぎ接ぎだらけの奇怪なソレは、しかしながら生きていた。

猿の顔がにたりと醜く歪み、そしてヤツは問う。

『――汝、狐なりや？』

いっそ職場に神話級《ミソロジー》モンスターでも襲撃してきてくれたら。

何故か、ミレイアはかつて自らの発した独り言を唐突に思い出したという。

第23話「神話級」

『汝、狐なりや？』

こちらが固まっていると、異形の怪物は先ほどと全く同じ語調でその問いを繰り返した。

まるで無機物のような、抑揚のない声。

猿の口が、まるで痙攣するかのようにガチガチと歯を鳴らしている。

両目は別々の方向を向き、呼吸のリズムはおおよそ普通の生き物のそれではない。

アイオンは忌々しげに舌を打った。

「……ゾンビの類か？　クソッ、金にならねえ仕事なんざしたくねえってのに……」

「なによ、やるの？」と、心底面倒臭そうにアルマ。

「こんなとこどうなろうが知ったこっちゃないが、やっこさん俺たちに用があるみてえだぜ」

『汝、狐なりや？』

「ほらな」

「うえぇ、気持ち悪いわね、なによナンジキツネナリヤって」

「大方人間の真似してるだけだろ、意味なんてねえよ、こんな畜生どもの言葉に」

そう言って、アイオンが剣を低く構える。

道行く学生たちが、ちらほらとこちらの騒ぎに気付いて足を止めた。

「え、あのオジサンなんで剣抜いてんの？」

「ちょっと待て！　モンスターがいるぞ!?」

「気色悪！　なんでこんなところに!?」

　という具合である。

「チッ……ガキどもはうるさくて嫌いだ、さっさと終わらそう」

「しょうがないわねえ」

　渋々アルマが杖を掲げて詠唱を開始する。

　ターゲットは言わずもがな窓越しにこちらを覗き込む異形の怪物。

　いつも通りならばアイオンが一番に切り込み、アルマが呪文で後方支援、そして巨大な盾でパーティを守るのがミレイアの役割である。

　だが――ミレイアは武器を構えなかった。

「おい新人！　なにボサッとしてんだ!?　さっさと構えろ！」

「ったく、本当にトロいわね！」

　アイオンとアルマの二人が棒立ちのミレイアへ罵声を浴びせかけてくる。

　しかしミレイアは構えなかった。

　――否、構えることができなかったのだ。

「……り……すの」

「あぁ!?」

「無理……ですの……」

「チッ……！　この役立たずがぁっ！」

アイオンが怒声混じりに剣を振るう。

それは魔法剣――アイオンの剣に付与された炎魔法が、斬撃のイメージに乗せて放たれる。

すなわち、飛び、燃える斬撃。

窓ガラスが粉々に割れて、斬撃は怪物の眉間へ命中した。

ところどころから甲高い悲鳴が上がる。

「ちょっと！　合図ぐらいちゃんとしてよ！」

アルマが杖を高く掲げて空中に巨大な氷柱を作り上げた。

研ぎ澄まされたソレは、間髪入れずに怪物を射抜く。

二人は腐っても御伽噺級《フェアリーテイル》の冒険者である。

大抵の場合はこれでけりがつく。

仕留めきれずとも確実に致命傷は与えられるのだ。

実際、偶然通りかかった学生たちでさえ、それを疑ってはいなかった。

あれだけの攻撃を食らって無事で済むはずがない。

皆がそう思っていたのだ。

ただ一人、ミレイアを除き。

「はい、おしまい」

「……無駄な時間をとった、帰るぞ新人」

アイオンとアルマが踵を返す。

それは、決着を信じて疑わない者の無防備な姿であった。

だからこそ——ミレイアは叫ぶ。

「逃げてくださいまし!!」

「あん？」

アイオンが訝しげに眉をひそめる。アルマもまた同様だ。

その背後で、例の怪物が音もなく笑っていることにも気が付かず。

『汝、狐　なり　　や？』

「なっ⁉」

アイオンとアルマが、咄嗟に後ろへ飛びのいた。

そんな彼らを睥睨して、怪物がげたげた笑う。

——驚くべきことに、御伽噺級《フェアリーテイル》冒険者、アイオンとアルマの全力をマトモに受けたにも拘わらず、怪物は無傷なのである。

「う、嘘だろコイツ……全然効いてねえ⁉」

「まさかあのナリで伝説級《レジェンド》だとでもいうの⁉　……ああ、もう仕方ないわねっ！」

アルマがヒステリックに叫び、懐から半球状の物体が二つ収まった透明なカプセルを取り出す。

名を〝火竜の心臓〟。

カプセルの破壊と同時に起動し、周囲のモノをことごとく消し飛ばす魔導兵器——平たく言えば爆弾だ。

「アルマ！　オマエこんな屋内でまさか⁉」

「そのまさかよ！　ケダモノに喰い殺されるよりはずっとマシでしょ!?」

「チィッ！」

アイオンは咄嗟に魔法を唱え、自らの周囲に結界を張る。

その直後、アルマが魔法をもって火竜の心臓を射出した。

火竜の心臓は、怪物の口内めがけて一直線に飛んで行って――

「――皆さま！　伏せてくださいまし！」

ミレイアは反射的に叫び、我を忘れて駆け出していた。

彼女はその重装備からは考えられないほどのスピードで怪物へ肉薄。

そして火竜の心臓が怪物の口中へ飛び込んだのを見るや否や、ミレイアはその巨大な盾で怪物の下顎にアッパーカットを食らわせ、強制的に口を閉じさせた。

直後、怪物の口より目も眩まんばかりの閃光が溢れ出し――爆発する。

その時の衝撃とくれば、遠巻きにこれを眺めて呆然としていた野次馬たちが一斉に転倒してしまったほどだ。

しかしこんなのは可愛いものである。

もし、ミレイアが咄嗟に走り出していなければ、少なからず爆発の余波による死傷者が出ていたはずなのだから――

「貴重な火竜の心臓をよくもまあ簡単に……」

「なによアイオン、文句でもあるの？　いつか私の英断に感謝する時がくるわ」

「……金食い虫が」

アイオンとアルマの二人は、何事もなかったかのように悪態を吐き合う。

その表情には確かな安堵の色が宿っていた。

今度こそ、今度こそ終わったのだ。

そう信じて疑わなかった。

──自分たちの背後から、その問いがかけられるまで。

『──汝　狐な　　りや　？』

「……は？」

アイオンとアルマが、間抜けな声をあげてほとんど同時に振り返る。

そこには醜く吊り上げた口端から黒煙を漏らし、げたげた笑う怪物の姿が。

彼らは目の前のソレが現実の光景と信じられない。

何故ならダンジョンの壁さえ砕く火竜の心臓。

それを体内で炸裂させたにも拘わらず──怪物に一切のダメージが見られなかったからだ。

「こ、こいつっ──！」

アイオンがすかさず剣を横薙ぎに振り抜いた。

狙うは眼球。

いかな化け物とはいえ、ここは鍛えようがない。

しかし──ぴんっ、と張り詰めた弦を弾くような、そんな甲高い音が一度。

次の瞬間、刀身が丸ごと消えた。

「えっ……」

『──汝、狐に在らず』

どうやら剣の刀身は、目にも止まらぬ速度で振るわれた虎の爪によって、へし折られてしまったようで。

アイオンがそれを理解した次の瞬間、なにやらぽとりと小さな音がして、遅れて手の内から剣の柄が滑り落ちた。

彼は、ゆっくりと足下へ視線を落とす。

そこには、切り離された四本の指が……

「──ああああああああああっ！！！！」

アイオンは悲痛な叫びをあげて、うずくまる。

アルマは短い悲鳴をあげて顔を青ざめさせ。

遅れて状況を理解した野次馬たちもまた、半狂乱になって叫び出した。

しかし、この中で真に事態の深刻さを理解していたのはただ一人──伝説級《レジェンド》、ミレイア・クリュオールだけであった。

ミレイアには見えなかったのだ。

あの怪物の巨体がアイオンとアルマの背後へ回り込む瞬間が。

そしてなにより、あの怪物の振るった爪の動きが。

ゆえに、ミレイアは思う。

アレは伝説級《レジェンド》なでどはない。

本当に伝説級《レジェンド》であれば、私の本能が警告してくることもないはずだ。

――〝下手に武器を構えるよりも、万に一つ、彼がその気まぐれによって自らを見逃す方が生き残る確率が高い〟などと。

「神話級《ミソロジー》……」

ミレイアはげたげた笑う異形の怪物を前にして、今度こそ自らの死を悟った。

第24話「騎士」

阿鼻叫喚の地獄絵図とはまさにこのことであった。

遠巻きに様子を見ていた学生たちは皆、半狂乱になって逃げ出す。

しかし恐慌状態にある彼らには、それすらままならない。

怒号が飛び、押し合い、倒れ、踏みしだかれ。

場は混沌を極めていた。

そんな混沌を見下ろし笑うのは異形の怪物。

そこにあるのは、圧倒的強者となすすべなく蹂躙されるのを待つだけの弱者たちの完璧な構図であった。

「うっ、があああああああっ……！」

うずくまったアイオンが悲痛な叫びをあげる。

彼の足元に転がるのは親指を除いた四本の指。

きっと筆舌尽くしがたい苦痛であろう。

だが、異形の怪物はもはやそんな彼にも興味を失ったらしく、首から上だけをぐりんと回転させる。

次の標的はアルマであった。

『汝、狐なりや？』

「ひっ……!?」

アルマが短い悲鳴をあげ、腰を抜かした。

さすがの彼女も悟ったのだ。

目の前の怪物が自分たちにはどうしようもできない災厄の類であると。

だが悲しいかな、気付くのが遅すぎた。

異形の怪物はゆっくりとアルマへにじり寄ってくる。

『汝、狐なりや？』

「い、いや、なによ、わけわかんない……こないでよ……！」

アルマが苦し紛れに杖をかざして詠唱。

空中に精製された拳大の火炎球が怪物めがけて射出される――が、足止めにすらならない。

怪物は飛んでくる火球を意にも介せず、着実に一歩、また一歩とアルマへ詰め寄り、そして問うのだ。

『汝、狐なりや？』

と。

「……」

――そんな光景を目の当たりにして、ミレイア・クリュオールは自らの胸の内に、なにやらどす黒いものが湧き上がってくるのを感じた。

今まで自らを縛り付けていた支配構造が、圧倒的な力の前に崩れ落ちようとしている。

地獄の連勤も、終わらない残業も、憎き上司たちも。

全て、全てが無に帰そうとしているのだ。

密かに願い続けた自由が、すぐそこまで迫ってきている。

ミレイアは思う。

ここで彼らを見殺しにしても、誰も自分を責めやしない。

上司の脳天に偶然雷が直撃する。

これはそういうレベルの話だ。私にはどうすることもできない不幸な事故だ。

仕方ない、仕方ない。

ああ、これは本当に仕方のないことで……

——などと一瞬でも考えた自分は、救いようもない大馬鹿者であると。

「ッ!!」

ミレイアは駆け出した。

本能が鳴らす警鐘を力づくで黙らせ、雷光のごとく駆け出し、怪物とアルマの間に滑り込む。

「し、新人!?　アンタ……」

盾を構える手が震える。

震えが全身に伝播し、喉をこわばらせ、膝から力が抜けそうになる。

しかしミレイアはそんな震えさえ吹き飛ばして、高らかに言うのだ。

「——ミレイア・クリュオールを舐めないでくださいまし！」

彼女の言葉には確かな覇気があった。

それはミレイアが未だ諦めていないことの証左。

ミレイア・クリュオールは圧倒的な恐怖に対し、正面から立ち向かったのだ。

しかし、自分一人の力では到底目の前の怪物を倒すことは叶わない。

だからこそ彼女の助けが必要なのだ。

「アルマさん！　私があのモンスターの攻撃を凌ぎます！　だから魔法での後方支援を――！」

アルマの手を借りたとて勝ち目の薄い戦いだ。

しかし、頼るべき仲間がいるという事実はミレイアの心を奮わせる。

そのお陰でミレイアはここに立つことができている。

……いや、できていた。

背後から蹴り飛ばされるまでは。

「えっ……？」

腰のあたりに感じた衝撃に、ミレイアは僅かに前へつんのめる。

倒れる、まではいかなかったが、それはミレイアの思考を停止させるには十分すぎるものだった。

目を見開く、凍った思考はまだ溶けない。

ゆっくりと後ろへ振り向く。

視界に映るのは、遠ざかるアルマの背中。

彼女は脇目も振らず、走り続けて。

――その時ようやく、ミレイアは自らが裏切られたことに気付く。

『汝、狐なりや？』

次の瞬間、ミレイアは反射的に盾を構えていた。

鍛え上げられた戦士の勘。

それは文字通り、彼女の生死を分けることとなる。

「——っ！！？！」

盾越しでも意識すら刈り取りかねない、圧倒的衝撃。

重装備で固めたミレイアの身体はいとも容易く吹き飛び。

割れた窓ガラスから飛び出して、大学を囲む池の水面に幾度となく体を打ち付けた挙句、壁に激突した。

「かっ……！」

堪らず、喀血。

黒ずんだ血が白銀の鎧を汚す。

胸に激痛、肋骨が何本か折れていた。

咄嗟に防御の体勢をとらなければ、全身がバラバラになっていたことは想像に難くない。

……いや、違う。ミレイアは生かされたのだ。

『汝、狐なりや？』

気がつくと例の怪物はミレイアの目と鼻の先に立っていた。

げたげたげた、と醜悪な笑い声をあげながら。

ミレイアは理解した。

防御の体勢をとったからではない、アレは遊んでいるだけなのだ。

本気になれば鎧や盾なんて紙切れみたいに引き裂いて、一瞬にして自分を肉塊に変えられるにも拘らず。

時間稼ぎ？　冗談ではない。

これはそういう次元の話ではないのだ。

寄せる津波を、一匹のアリがどうにかしようとするような、そんな無茶な話。

加えて自分の周りには誰もいない。

孤独が絶望を膨らませ、胸の内に充満する。

自分は、このまま誰にも看取られずに死ぬのだ。

伝説級《レジェンド》などという大層な称号が与えられたにも拘わらず、自らの命を賭した戦いを語り継ぐ者は一人としていない。

どこにも描かれない。誰にも語られない。

そんなもの、空白級《ブランク》と変わらず――

「関係……ありませんわ……っ!!」

――ミレイアは自らを鼓舞するように言って、槍を握る手に力を込めた。

怪物がげたげた笑いをぴたりと止める。

「等級……私はそんなくだらない肩書きのためにぃっ……今日まで頑張ってきたわけじゃ……ありませんの……っ！」

内臓が傷ついている。骨が折れている。

胸に激痛が走り、耐え切れずに吐血する。

しかしそれでもミレイアは折れない。

気高く、誇り高く、自らの胸の内を吐き出し続ける。

「おかげで思い出しましたわ……！　私が今日この時まで血反吐を吐く思いで頑張ってきた理由を……！　私は伝説級《レジェンド》になって……そして……！」

ミレイアの構えた槍を、赤と青の螺旋が包み込む。

それはミレイアの多重詠唱《マルチスペル》。

ミレイアは醜悪なる異形の怪物を正面から見据え、そして叫んだ。

「──誰かを守るためにこの槍を振るうんですの！」

それがミレイアの導き出した答えであった。

この槍は、悪を貫くために。

この盾は、無辜の民を守るために。

……ああ、どうしてこんなにも大事なことを今の今まで忘れていたのだろう。

等級なんてただの手段に過ぎない。

私はただ弱きを守る騎士に憧れただけ。

孤独がなんだ、勝てないからどうしたというのだ。

むしろ私は笑うべきなのだ。毅然として立ち向かうべきなのだ。

何故ならばそれこそが、私の夢見た騎士の姿なのだから──

『汝、孤に在らず』

怪物が、ひどくつまらなそうに前足を払った。
先ほどまでとは比べ物にならないほどの致命的一撃。
防御など無意味だ。
ミレイアの胸中に恐怖はなかった。
思い残すことも一つとしてなく、ここが自分の死に場所だと確信していた。
……いや、心残りが一つ。
「……あの方との約束を、すっぽかしてしまいましたの」
虎の爪がミレイアの頬に触れる。
……ああ、いよいよ終わりだ。
ミレイアはゆっくりと目を瞑り――
「――なんだ、案外おっちょこちょいなんだな、ミレイアも」
「……え？」
暗闇の中から聞こえてきた男の声。
そして傍らに感じる確かな熱。
声……熱……？　生きている？　私は、どうして……？
堪らず、ミレイアはゆっくりと瞼を開く。
怪物が、前足を突き出した状態で硬直している。
振るわれた虎の爪は、すんでのところでミレイアに届いていなかった。
何故か？

――〝彼〟がミレイアの隣に立ち、片手でソレを受け止めていたためである。

「久しぶりすぎて場所忘れたか？　お手洗いはこっちじゃないぞ」

オルゴ・ノクテルがまるで昔からの友人に見せるような屈託のない笑みを浮かべて言うので、ミレイアは思わず涙をこぼしてしまった。

第25話「ワンちゃん」

「まったく、なかなか帰ってこないから探しにきてみれば……」

ふぅと溜息を吐く。

トイレに行くと言い残してまるで見当違いの方へ歩いていったものだから「おかしいな？」と、少し遅れて追いかけてきてみれば——案の定！

一体何をどう間違うとこんなことになるのだ！

「——トイレ探しに大学の外まで出るって、すげえ方向音痴だな」

「オルゴ……さん……？」

ミレイア・クリュオールはよっぽど歩き疲れたのか、へなへなとその場にへたり込んでしまった。

……ふむ、よっぽど歩き回ったのだろう。

すっかり憔悴しきっているようだし、今は安堵の色がうかがえる。

涙まで流して……そんなに心細かったのか？

「そんな顔するなよ、ほらハンカチ……って、おいおいおい！　高そうな鎧が汚れてるぞ!?　なんだそれ！　何こぼした!?」

家庭的大家さんであるところの俺はそういうのを見るととてもハラハラしてしまう。

大丈夫かソレ？　シミになったりしないよな？

染み抜き？　いや、たわし？　表面が傷つきそうだからダメか。

ああもう、そんな高そうなお召し物の手入れ方法、俺みたいな新米庶民派大家さんは知らないぞ。

「とりあえず、ほら」

ひとまず俺は彼女にハンカチを差し出す。

しかし、彼女はどこか呆けたようにこちらを見上げるばかりで、一向に受け取る気配がない。

……仕方ないな。

「子どもか、お前は」

「え……？　わ、ちょ……!?」

彼女の頬を伝う雫をハンカチで拭き取る。

ミレイアはここでようやく我に返ったらしく驚いたそぶりを見せたが、抵抗はしなかった。

それどころか、見たことがないぐらい無防備な顔を晒してしまっているではないか！

「まるっきり子どもだな……ところでハーブティー」

『汝、狐なりや？』

いつものごとく、当然のごとく懐からハーブティー入りの水筒を取り出そうとしたところ、背後から声がした。

……ああ、すっかり忘れてたぞ。

「どこの家のワンちゃんだ？」

俺は、ゆっくりとヤツを見上げる。

これがまたでかい。

俺が今触れ合っている前足なんて、爪が俺の腕ぐらいの太さだ。

なんというか、生命の逞しさを感じるよね。

「あっ、ああああああなたっ!?　それ大丈夫なんですのっ!?」

なんてしみじみ思っていたら、ミレイア嬢はなにやら慌てふためいたご様子。

「なにが？」

「そ、そそそそ、ソレっ!!」

ミレイアは震える指先でワンちゃんの前足を指している。

ああ、なんだ。

「このワンちゃんのことか？　大丈夫大丈夫、俺別に犬嫌いじゃないし、アレルギーとかも特にないしな」

「ワンちゃん……!?」

……なんだよ。

二十半ばに差しかかろうとする男が「ワンちゃん」などという可愛らしい呼び方をするのは、そんなにも気色悪いのか。

少し落ち込みかけた。

「あ、あなたにはこれがワンちゃんに見えるんですの!?」

「確かに、ワンちゃんと言うには結構大型だな、牧羊犬？　いやもしかして闘犬ってやつか？　こんなの放し飼いにするなんて飼い主は随分とおおらかな……ん、首輪がない、野良か？」

「どっ――どう見たってモンスターの類じゃありませんの!?」

「モンスター？　聞いたことのない犬種だけど……でもまぁ名前負けしない良い犬だ、猟犬だな、おそらく」

「なんで話が通じないんですの……っ！！！」

ミレイア嬢が頭を掻き毟って地団太を踏んでいる。

……理解が悪くてごめんな、犬種とかあんまり詳しくないいんだ。前大家さんが犬嫌いだったから。

『汝、狐なりや？』

「にしても随分と変わった鳴き声の犬だな」

みきみきみき、と何かの軋むような音がする。

俺ではない、ワンちゃんの前足からだ。

どうやら力を込めているらしい――と思ったその直後、俺の足元から勢いよくクッキーでも砕くようなそんな軽い音がして、地面に亀裂が走った。

ミレイアが「ひぃっ!?」と悲鳴をあげる。

悲しいかな、どうやら彼女は犬が嫌いらしい。

――むろん、俺は純真無垢な動物が大好きだ。

「なんだ、遊んでほしいのか？」

俺はワンちゃんににっこりと微笑みかける。

その瞬間、ワンちゃんの体毛が針のように逆立った。

どうやら遊び相手を見つけて嬉しいらしい。

なかなか可愛いじゃないか。

『――ヒョオオオオオオオオオオオッッ!!』

嬉しさのあまりに感極まってしまったのか、ワンちゃんは天を仰いでやけに甲高い遠吠えをあげた。

「くっ……あ――――っ――!!?」

あまりの声量にミレイアがうずくまる。

大気が震え、窓ガラスが悲鳴をあげていた。

元気のいいことだ。

なんて感心していたら、突如として頭上に暗雲が立ち込めた。

黒雲はまるで墨でも垂らしたかのようにあっという間に空全体へ広がり、時折ぴかりぴかりと光を放っている。

「……夕立か？　春先の天気は変わりやすいなぁ……」

洗濯物干してたのになぁ、せっかく大学まで来たのに取り込みに戻るのは面倒だなぁ……げんなりしていると、ぴしゃあんっ！　と耳をつんざく音が鳴って、視界が光に包まれた。

自らが雷に打たれたのだと気付いたのは、少し後になってからのことである。

「お、オルゴさんっ！！？」

ミレイアが叫ぶ。

ワンちゃんがげたげた笑う。

そんな中、俺は――

「これだから雷って困るんだよな……」

ぶつくさ文句を言いながら、静電気で逆立った頭髪をなんとか元に戻そうと奮闘していた。

「……え?」

ミレイアが目を丸くして、素っ頓狂な声をあげた。

ワンちゃんもげたげた笑いをぴたりと止めて、こちらを凝視している。

やめろ、そんなにまじまじと見つめるな、恥ずかしいだろ。

「な、なんで雷に打たれて平気なんですの……?」

「平気なもんか! 見ろよこの頭! ああ、くそ、櫛とかなかったかな……」

——などと呟いたらその直後、なんの仕草か、ワンちゃんが前足で地面を叩き。

まるでそれが合図とでも言わんばかりに、ぴしゃんぴしゃんぴしゃん!! と三度、鞭をしならせるような音が鳴り響いて、落雷が三度俺の脳天を直撃した。

「お、おおおおおおオルゴさんっ!!?」

ミレイア嬢が慌てふためいた様子で叫ぶので、俺は
「……今、呼んだ?」

落雷の直撃による影響で調子の悪くなった耳をほじりながら聞き返した。

まったく、髪の毛もまたセットし直しじゃないか……

「ええ……?」

名前を呼んだのは向こうであるはずなのに、返事をしたらしたでミレイアは信じられないものでも見るかのような視線をこちらに向けてくる。

お嬢様の考えはよく分からない。

そしてワンちゃんもワンちゃんで凍り付いたように……あ、そういえば犬って雷苦手なんだっけ？

「そうかそうか怖かったんだよな、よし！」

俺は大きく両手を広げて、ワンちゃんとの距離を詰めてゆく。

ワンちゃんがびくりと身体を震わせた。

可哀想に、怯えてしまって。

「頭を撫でてやろう、それとも喉？　脇腹がいいか？　尻尾の付け根っていうのはどうだ？」

できる限り刺激しないよう、満面のスマイルでゆっくり、ゆっくりと歩み寄る。

さっきの雷がよっぽど恐ろしかったんだろう。

俺が近付く度、ワンちゃんは身体を強張らせて――

『汝、狐なりや？』

特徴的な鳴き声の後に、ぽうっ、と音が鳴ってワンちゃんの眼前に光の玉が出現。

初めは握りこぶしぐらいのサイズだったが、見る見るうちに肥大化して、あっという間に視界を覆い尽くすほど巨大になる。

光球は俺めがけて放たれた。

石畳をめくり、立ち並んだ木々を消し飛ばしながら、まっすぐとこちらへ突き進んでくる。

「な、なんて膨大な魔力の塊っ……！　オルゴさん早く逃げてくださいまし⁉　あんなのを食らえばそれこそ塵も残りませんわ⁉」

「なんだボール遊びがしたいのか？　しょうがないなぁ」

「話聞いてますの⁉　……ってあああっ⁉　もう避けられっ……！」

ミレイアが頭を抱えてうずくまる。

大袈裟だなぁミレイアは。

たかだかボール遊びじゃないか。

とはいえ、動物と遊ぶ時のコツは手加減をしないこと。

彼らはそういうのを野生の本能で敏感に感じ取ってしまうからな。

だから俺も——全力で楽しむ！

「そら！　今度は俺の番だ！」

俺は目前まで迫った光の玉に、あえて背を向け、そして大きく跳躍。

宙返りの要領で振りかぶった爪先を光の玉へ叩きつける。

——オーバーヘッドキックだ。

形容しがたい音がして、さながら薄く伸ばしたパン生地のごとく、光の玉が大きくひしゃげた。

「そぉら、とってこい！」

ばぁんっ！　と小気味のいい音がして光球が弾き返される。

光の玉は凄まじい速度でカーブを描いて、地面を削り、そしてワンちゃんの頭上スレスレを通過すると、黒雲に穴をあけて空の彼方へと消えてしまった。

ワンちゃんはまるで縫い付けられたかのように硬直しており、ミレイアもあんぐりと口を開けて空を見上げている。

……あれ？

「……な、なんだよ、俺だけはしゃいでたみたいじゃないか」

こほんと一つ咳払い。

せっかく密かに練習していた大技を披露したのに、こんなしらけ切った反応されると恥ずかしいぞ……

狙い通りに頭上右斜め上と、飛びつくには絶好の玉だったはずなのに。

あのワンちゃん、見かけによらずどんくさいな……

「まぁいいや、次は何して遊ぶ？」

再び歩みを再開する。

その瞬間、ワンちゃんの全身の毛がざわりと逆立ち、そして
『――汝、狐なり』

もう辛抱たまらなくなったのかワンちゃんがこちらへ飛び掛かってきた。

めきめきめきっ！　と音がして、ワンちゃんの脇腹から左右に更に二本ずつ、計四本の〝足〟が新たに出現する。

ははは、どうなってんだよ、それ――

直後、丸太のような足が俺の頭上から振り下ろされた。

俺の身体が地面にめり込み、大地に無数の亀裂が走る。

「おっ……オルゴさんっ！！！？」

遠くからミレイアの声が聞こえてきた。

しかしそんなことはお構いなしに別の前足が、次にまた別の、更にまた別の――間断なく四本の

足で踏みしだかれた。

『汝、狐なり、狐なり、狐なり狐なり狐なり――』

まるで暴風雨。

降り注ぐストンピングの嵐が、俺の身体を打ち、地面にクレーターを作る。

「あ、あああああ、あああ……!!」

嵐の中で、ミレイアの悲しむような声が聞こえてきた。

なんだミレイア、俺はてっきりお前が犬嫌いだと思ってたんだけど――羨ましいんだな。

「――お手」

ぱしん、と俺は片手でワンちゃんの右前足を受け止める。

模範的お手だ。

ワンちゃんは一度驚いたように固まったが、すかさず左前足を――

「――おかわり」

ぱしん、と左手で受け止める。

これもまた模範的おかわり。

『汝、狐なり狐なり狐なり』

「お手、おかわり、お手、おかわり」

ぱしんぱしんぱしんぱしんっ!

俺は彼の前足を交互に受け止めながら、すり鉢状になったクレーターからゆっくりと這い出る。

ワンちゃんは加速する。こちらも更に加速する。

『汝、狐なり狐なり狐なり狐なり狐なり狐なり狐なり』

「お手おかわりお手おかわりお手おかわり」

ぱぱぱぱぱぱぱぱぱっ。

俺とワンちゃんの攻防は、数えきれないほどの破裂音を響かせた。

ワンちゃんが僅かに後ろに下がる。今度は俺が逆にワンちゃんを押し始めている。

『汝　き　つね　　なり　……』

「そうかそうか、俺も楽しいぞ、じゃあそろそろ定番のアレ、いってみるか」

お手、おかわりとくれば、もうアレしかないだろう。一度、言ってみたかったのだ。

俺は「お手おかわり」の手は休めないまま、すううと息を吸った。

肺いっぱいに息を溜め込み、そして――一声。

「――おすわりっ！！！！！」

「なんっ」

俺の口から発せられた渾身の「おすわり」は大気を震わし、大地を揺るがし。

そしてワンちゃんが――どういうわけか粉々に弾け飛ぶ。

「えっ……？」

スローモーションに動く世界の中、俺は飛び散るワンちゃんの肉片を見つめながら、呆けた声をもらした。

第26話「少しだけ本気出す」

それはともすれば――いや、確実に俺のトラウマになるであろう光景であった。

あんなにも愛くるしいワンちゃんが、俺の一声で弾け飛んだ。

それはもう木っ端微塵に、跡形もなく。

どさどさどさ、と肉片が降り注ぐ。

俺はこんなショッキングな光景を前にして、さあああああっ、と血の気が引くのを感じた。

「み、神話級《ミソロジー》モンスターを、声だけで……？」

ミレイアが何か言っていたが、俺の耳には届いていなかった。

だって、こんなの、あんまりだ。

「み、ミレイア……」

俺は助けを求めるように彼女を見やる。

「い、犬って思った以上にデリケートな生き物なんだな……俺、知らなくて……マジでごめん……」

「もうツッコミが追い付きませんわ……あなた本当に何者なんですの……」

ミレイアはふうと溜息。

ああ、間違いなく軽蔑されている！

そりゃあそうだ！　だって動物虐待どころの話ではない！

粉々だ！　粉々！

「ああああ、どうしよう……せめて墓を作ろう……大学裏の小高い丘に……」

「ちょ!?　肉片を集めないでくださいまし！　ばっちい！」

「止めないでくれ、これはせめてもの報いだ……」

「か、勝手にしてくださいまし！」

そうとも、これは俺一人の罪だ。

ああ、せめて安らかに眠ってくれと、肉片の一つを掴み上げようとしたところ。

『――学習完了、最適化を開始します』

「ん？　ミレイア何か言ったか？」

「私は何も言ってませんのことよ……って」

ミレイアが、ある一点を見つめてぴしりと動きを止めた。

何事かと思って彼女の視線を追うと、信じがたいことに肉片が喋っていた。

正確には、砕けて半分になったワンちゃんの口が、ぱくぱく動いて言葉を発していたのだ。

――その直後、肉片はその一つ一つが意思を持っているかのように動き出し、集合し始めたではないか。

「うおお!?　犬の生命力ってすごいな!?」

「そ、そんなわけないでしょう!?　こ、これは……!?」

集まった肉片が積み上がっていって、更に融合、一つの肉塊へと変貌し、そしてぐちょぐちょと蠢いて――

『肉体の再構成――完了』

――そこに一人の女性が、形作られる。

傾国の美女という言葉があるが、彼女はまさにそれだった。

煌びやかな衣装、豪奢な髪飾り。

美そのものを体現したかのごとき彼女は、白魚のような指を口元に添えて、くふふと笑う。

真っ赤な口紅の僅かに吊り上がるさまは妖艶の一言で、いっそ悪魔じみていた。

「モンスターが、人の姿に……？」

「……誰だお前」

俺は、ゆっくりと問いかける。

すると彼女は、何がおかしいのかくふふと笑ってこれに答える。

その際に――ぴょこんと、彼女の頭頂部から丸い狸耳が顔を出した。

「妾《わらわ》の名は亡国の鵺、……ところでさっき妾を粉々にしたのは、そなたよな？」

「……ぬえ？　粉々？　お前もしかして妖怪変化の類――」

そこまで言いかけたところで、俺の言葉は中断される。

何故か？

それは、鵺と名乗る彼女が音を置き去りにして俺の懐に潜り込んできたからだ。

「うおっ!?」

俺は咄嗟に防御の姿勢をとる。

しかし向こうはそれを読んでいたのか、前蹴りを食らわせてきた。

俺の身体が吹き飛ぶ。

足で地面を掴み、数十メートルほど石畳を削ることでなんとか踏ん張った。

俺が蹴り飛ばされたことにミレイアが気付いたのはそれからしばらく経ってのことである。

「……え？　い、今なにが……」

「くふふ、少し黙っておれ」

鵺が自らの口にチャックでも閉めるような仕草をとった。

すると、ミレイアの唇がぴったり閉ざされ、もはや一言も発することができなくなってしまう。

「……っ!?　っ……！」

ミレイアは自らの口を掻き毟りながら、パニック状態に陥る。

そんな様子を見て、鵺は嘲笑した。

「くふふふ、感謝するぞえオルゴとやら、そなたのおかげで妾はこんなにも強くなれた」

「……どういう意味だよ」

「妾は敵を学習し、それを上回るように強くなる、そういう風に作られておるのよ」

「意味が分からん」

「ふん、そなた腕っぷしはなかなかじゃが阿呆よのう、阿呆な男は嫌いじゃ」

くん、と鵺が人差し指を立てる。

すると、まるで見えない何者かに顔面を殴られたかのような衝撃が走った。

鼻からつううと温かい物が滴る。

「……」

「当然、手加減しておるのよ、もはや妾の目的は達成したも同然じゃが、すぐに死なれてはつまらんからのう、それに……」

鵺が指先で、ミレイアの頬をなぞる。

口を塞がれたショックからか、ミレイアの瞳には明らかな怯えの色があった。

「ちょうどいいところに面白い玩具がある――さあ娘、妾の目を見よ」

「……っ⁉」

鵺が、無理やりにミレイアの目を覗き込んだ。

彼女の目は妖しげな光をたたえており、ミレイアは目を閉じることも、抵抗することもままならない。

「……おい、何してんだお前」

「むろん、この娘の胸の内を覗いておる、……ほほう、これはこれは妾好みの混沌、くだらぬ葛藤、煩悶が渦巻いておるわ」

「……っ⁉　……っ‼」

「ミレイアから離れろ」

「おお、怖い怖い、一つ良いことを教えてやるから、そんなに怒らんでくれるかえ？」

「すぐに離れろ！」

「――この娘、そなたのことを好いておるわ」

「――」

その時、ミレイアの目から一粒の雫が零れ落ちた。

冷たいソレが頬を伝い、ぱたりと地面に落ちる。

俺は、自らの頭の中で何かが切れる音を聞いた。

「浅はかよのう小娘、傷心中に優しくされてころりと恋に落ちてしまったのか？　よもや運命などと勘違いして？　くふふ、いじらしいいじらしい、まるで生娘――いや、違う、本当に男を知らぬのじゃな！　いじらしい！　まるで人形よ！」

ころころ笑う鵺に、ミレイアが何度も何度もかぶりを振った。

それは否定の意なのか、拒絶の意なのか、俺には分からない。

だが、彼女の両の瞳から絶えずこぼれる雫を見ていたら、もはや我慢などできようはずもなかった。

「忠告、したからな」

俺は鵺に向かってずんずんと歩き出す。

「おお、怖い怖い、しかし妾は今この娘で遊んでおるのじゃ、さあ無粋な男は放っておいて、おぼこらしくお人形遊びでも続けようではないかえ？」

鵺がミレイアの手をとって、ほれほれとわざとらしく無茶な方向に動かす。

ミレイアは苦痛に顔を歪めていた。

……いや、痛みは身体だけではない。

俺は更に一歩、また一歩と歩を進める。

「哀れな哀れなお人形さん♪　帰る故郷はすでになく、かつて抱いた理想は忘却の彼方♪　阿呆にもなれず、さりとてさほど聡いわけでもなく、そなたはなんじゃ♪」

ヘタクソな歌を歌いながら、鵺がミレイアの手足を動かす。

その時、ミレイアと目が合った。

彼女はその潤んだ眼で確かに訴えかけてきていた。

――助けてくれ、と。

「……少し本気出すわ、歯食いしばれ」

「くふふ！　阿呆な男は嫌いじゃ！　妾はそなたを学習して強くなったのだと言ったじゃろう！」

鵺がミレイアを無造作に投げ捨て、構えをとった。

好都合だ、と俺は身体をねじり、足を前後に開いて、弓でも引くように拳を構える。

――そして、拳を解き放った。

「分からんヤツよ！」

鵺がすかさず手のひらを突き出し、俺の放った拳を受け止めた。

にやり、と鵺が勝ち誇った笑みを浮かべる。

だが、それは早計だ。

「……えっ？」

拳の勢いは死んでいない。

振りかざした拳は、鵺のガードを突き抜けて、彼女の手のひらを押し返す。

「ちょ、ちょちょちょ……！　これぶっ⁉」

そして彼女の手のひらを巻き込んだまま――俺の拳が鵺の顔面に突き刺さった。

第27話「馬に蹴られて死んじまえ」

べきべきべき、と顔面の骨が砕ける音がする。

血飛沫が噴水のごとく噴き出し、そして鵺の身体はきりもみ状に宙を舞った。

煌びやかな羽織をくるくると回しながら飛んでいく様は、さながら一凛の花のようである。

「ぶべえっ!?」

どしゃっ、と音がして鵺が地面に叩きつけられる。

それと同時に、ミレイアにかけられた呪縛が解けた。

「……はっ！　はぁ……お、オルゴさん……わ、私……私は……！」

ミレイアが涙混じりに何かを訴えかけてこようとしたが、俺はそれを手で制した。

いい、大丈夫だ。何も言わなくていい。

それに……まだ終わってない。

「が、学習完了、最適化、肉体の再構成、完了……っ!!」

鵺がふらふらと立ち上がる。

見ると、顔面の傷が何事もなかったかのように塞がっている。

しぶといヤツだ。

「な、何故……!?　妾はそなたの強さを学習した！　あの攻撃は必ず受け止められる計算じゃった！」

「ちょっと本気出すって言ったの聞こえなかったか？」

「今までが本気を出していなかっただけだとでも⁉　戯言を！　どちらにせよもう終わりよ‼」

鵺が先ほどを遥かに上回るスピードで俺の懐へ潜り込んだ。

低く落とした腰、低く構えた握り拳。

それらを全身のバネを使って打ち上げ――アッパーカット。

俺の身体が大きく仰け反る。

「――とった！」

「いや？」

「⁉」

俺はあえて更に大きく身体を仰け反らせて、そのましなる鞭のように足を蹴り上げる。

爪先が彼女の顎下を捉え、みきみきみきっ、と骨の軋む音とともに鵺もまた大きく仰け反った。

「こ……こやつまさか段階的に力を解放してっ……⁉　学習完了！　最適化！　肉体の再構成！」

再び再生した鵺が体勢を立て直し、鋭く跳躍して、渾身の膝蹴りを放った。

彼女の膝が俺の鳩尾を抉る。

俺はすかさず両拳を頭上で組み合わせ、ハンマーのごとく振り下ろす。

「ぶっ⁉」

これは鵺の脳天に深々と突き刺さり、鵺は顔から地面に叩きつけられる。

また一つ、クレーターが出来上がった。

「こここここ、こやつ底なしか⁉　がっ、学習完了！　最適化！　肉体の再構成ぃぃ‼」

鵺が飛び起き、顔面目掛けて拳を放ってくる。

俺は顔を僅かに横にずらしてこれを躱すと、お返しに二発、ジャブを顔面に打ち込んだ。

ぴぴっ、と鼻血が噴き出す。

「学習、完りょ……」

「――いい加減にしろ、猿真似野郎」

もはや反撃も許さない。

俺は今まで一番に大きく拳を振りかぶって、鵺の顔面に叩き込んだ。

放たれた拳がこれでもかと鵺の顔面にめり込む。

この時に生じた衝撃波は、周囲一帯の瓦礫をまとめて吹き飛ばし、池の水をことごとく撒き散らした。

「ぐぶぅっ！！！？」

遅れて、鵺の身体が紙屑のように吹き飛ぶ。

何度も地面に身体を打ち付け、それでも勢いは死なず、大学校舎の壁に背中から叩きつけられる。

あまりの衝撃に校舎そのものが崩れ落ちるかと思ったほどだ。

しかし、さすがにしぶとい。

礫となった鵺はか細い声で言った。

「汝、狐なり、汝、狐なり……！」

鵺が全身に力を込め、地上に降り立つ。

そして憎悪の黒い炎燃え滾る眼で、こちらを睨みつけてきた。

「主は言った……！　狐とは憎むべき仇敵、唾棄すべき存在、唯一主に匹敵する強者……！　──ならばそなたは狐なり！　狐、死すべし!!」

鵺が音速さえ超え、一筋の光となって飛び掛かってくる。

俺は、ぽりぽりと頭を掻いた。

「……知ったこっちゃねえ、何が狐だ、俺はただの空白級《ブランク》で、ただの大家さんだぞ」

眼前まで迫った彼女の拳は黒々とした憎悪の炎を纏っている。

「主だかなんだか知らねえが、そんなこと俺たちには関係ない、お前が誰かも興味はねえ、俺たちはただ日々一生懸命に生きてるだけなんだよ」

爆音とともに放たれた拳が、眼前まで迫る。

「──オルゴさんっ!?」

ミレイアが俺の名を叫ぶ。

俺は、やってきた拳を──なんなく躱した。

「なっ──!?」

鵺が渾身の一撃を外し、体勢を崩す。

何をそんなに驚いたような顔をしてるんだ、俺の本気は……………ここからだぞ。

俺は腰を低く落として拳を構える。

そして、一閃。

「──そんな普通に生きてるヤツらの邪魔をして、あまつさえ人の心を弄ぶような悪趣味野郎！

馬に蹴られて死んじまえ!!」

放たれた拳は流星のごとく。

光速を超え、一筋の光の軌跡を描き、鵺の顔面へと吸い込まれる。

「ぎゃばっ！！？」

――すさまじい破裂音とともに、鵺の身体は天高く打ち上げられた。

高く、高く――

いくつものソニックブームを発生させながら、彼女の身体は昇る朝陽のごとく、重く垂れこめた黒雲に突っ込んで、そして――黒雲を跡形もなく消し飛ばした。

後に残ったのは、燃えるような夕焼けだけである。

○

一方そのころ、とある極東の島国にて。

「――つ、ついに見つけたのじゃ!!」

和装に身を包んだ狐耳の少女は、長年探し求めたソレとの対面に歓喜の声をあげた。

ソレは、黄金色に輝く一枚の――油揚げである。

「これぞ千年に一度、伝説級の豆腐屋が一生を捧げ、ただの一枚のみ作ることができると言われておる終止符《ピリオド》級油揚げ――!!　まさかこの目にする日がくるとは……！」

狐耳の少女テンコは、油揚げを前にして感涙を流した。

無理もない。

何故ならその黄金色に光り輝く油揚げは、数千年の時を生きるテンコが生涯をかけて探し続けた究極の油揚げなのだから。

「ううっ……感無量じゃ、長生きはするものじゃなあ、今日この時のためにオルゴの心を弄……もとい大役を任せたと言っても過言ではないのう」

彼女はしみじみと今までの人生を振り返ろうとして、すぐに辞めた。

「そんなことをしている暇があったら早く食おう！　出来立てが一番美味いんじゃ〜♪　トンビに油揚げを攫われるようなことがあってはならんしのう！　こーんこんこん！」

テンコはるんるん気分で、油揚げをつまみ上げる。

ああ、このぷりんとした油揚げの美しさたるや……もう我慢ならぬ！

「じゃあ、いっただっきま〜……」

す、と同時に油揚げにかぶりつこうとしたテンコであったが、それは未遂に終わった。

何故ならば、遥か西の空から落ちてきた流れ星が油揚げに——直撃。

これを粉々に粉砕した挙句、テンコの足元に衝突したためである。

「——」

テンコはまるで彫像のごとく、口を開けたままの体勢で固まっていた。

濛々と砂埃が立ち込る中、足元にできたクレーターの底から、何やら声が聞こえてくる。

「学習完了……！　最適化……！　肉体の再構成っ……!!」

そしてクレーターの中から、一人の女性が這い出してきた。

全身を土埃で汚した、煌びやかな和装の女性。

頭頂部にはぴょこんと丸い――狸耳。

「あの男……！　絶対に許さん！　必ずや八つ裂きにしてくれるえ！」

狸耳の女性がばねのように膝をしならせ、高く跳躍しようと身構える。

しかし、彼女が再び空を舞うことはなかった。

その背中に、今まで感じたこともないような凄まじい殺気を感じたためである。

「ッ――――!?」

この時、狸耳の女性の脳裏には、とあるイメージが沸き起こっていた。

まるで見上げんばかりの巨人が、その指先で自らのか細い首をつまむような、そんなビジョンが。

やがて、どこか聞き覚えのある問いかけが背後よりかけられる。

「――汝、狸なりや？」

と。

ゆっくりと後ろへ振り返った狸耳の女性。

――その後の彼女の行方を知る者は、一人としていない。

第28話「辞表」

「鵺の反応が途絶えた」

全身を薄汚れたローブですっぽり覆った男は、淡々と言った。

その言葉に先ほどまでの狂気はない。

さりとて落胆や怒りなどの安っぽい感情も抱いていない。

無。

そこにあるのは奈落のごとし無であった。

「改良の余地有り……だな、なあにまだ手はある」

男の像がブレる。

そして次第に輪郭がぼやけていって、宵闇に溶け始めた。

「二千年前の雪辱、忘れはせん、次こそは殺す、八つ裂きにして、犬の餌にしてやるぞ、テンコ」

男の呪詛は霧のように霧散し、男もまた夜の闇に消える。

○

「……なんだよ、こりゃあ」

やせぎすで浅黒い肌をした男――伝説級《レジェンド》パーティ〝銀の舟〟のリーダー、アイオンは眉をひそめた。

テーブルの上に置かれたのは一通の簡素な封筒。

封筒の中央には、力強い筆圧で記された「辞表」の二文字。

「見ての通りですわ」

ミレイアは、さらりと答える。

きっと、アイオンの右手に〝指〟があれば、激情に駆られ、その場でこれを破り捨てていたに違いない。

「ふざけてんのか？」

「私、冗談はあまり得意ではありませんの」

「ああ？　おい、随分と偉くなったもんだな、お嬢様」

「おっしゃっている意味が分かりませんん」

アイオンはたじろいだ。

以前まではほんの少し低い声で睨みの一つでも利かせてやれば、たちまち萎縮し、こちらの言いなりになっていた彼女が、まるで別人のようになっていたからである。

きわめて落ち着き払いながらも、その目には強い意志が宿っている。

それはいかにも高潔な精神を持つ、一人の騎士を想起させた。

――虚勢だ、虚仮だ。

こんな即席の仮面、すぐに引っぺがしてやる――

アイオンはテーブルを蹴り上げる。

しかし、どっ、と鈍い音がしただけだった。

ミレイアがテーブルを上から押さえつけていたのだ。

「備品は大切にしませんと」

ミレイアの一言に、アイオンはいよいよヒステリーを起こした。

「――テメエ！　労働舐めてんじゃねえぞ⁉　せっかく拾ってやった恩を仇で返しやがって‼」

「正当な対価を得られないコレを労働と？　労働を舐めているのはあなたじゃありませんこと？」

「ガキが分かったようなクチ利いてんじゃねえ‼　いいか⁉　テメェはどこにも行けやしねえよ！」

アイオンが〝ある方の〟指でミレイアを指して、口角泡を飛ばしながらまくし立てる。

「俺は今までお前みたいな甘ったれを何人も見てきた！　そんなんじゃどこだって通用しねえんだよ！　あぁ⁉　分かるか⁉」

「私のような若輩に貴重な御意見、感謝いたしますわ」

「……っ！　大体なぁ！　タダで辞めさせるわけねえだろうがボケ！」

「と、言いますと」

「――違約金に決まってんだろうが！」

「へえ」

ミレイアは感嘆の声を漏らした。

皮肉ではなく本当に感心していたのだ。

次から次へ、よくもまあ自分に都合のいい理論が展開できるものだ、と。

「まずはクソの役にも立たなかったテメェの教育に費やした時間、経費！　それにお前のミスが原因で失敗したクエストで受け取るはずだった報酬！」

「はあ」

「そして昨日テメェが逃げ出して仕事に穴をあけたことに対する罰則金！　そして俺の指への慰謝料だ！」

「……なるほど」

あなたが敵の実力を見誤ったことが原因では？　とは思っても言わなかった。

ミレイアは大人なのである。

「──諸々概算してこれだ！」

アイオンが〝違約金〟とやらの概算を突き付けてくる。

ミレイアは重ねて彼に感心することとなった。

今まで自分がもらってきた給料を全て合算しても遥かに届かない金額だ。

一体、どんな計算式を用いればこのような数字が叩き出せるのだろう。

「これが払えねえ限りテメェのワガママは聞けねえな！　さっさと仕事に戻れ、出来損ないが!!」

ぺっ、とアイオンが唾を吐き捨て、粘着質なソレがミレイアの鎧に付着した。

ミレイアは──聖母のごとき微笑を浮かべる。

「──分かりましたわ、きっちり耳を揃えて払ってさしあげます」

「は？」

アイオンが間抜けな声を上げた、その刹那。

ミレイアは机に身を乗り出し、構えた大槍の先端を、アイオンの鼻先に突き付ける。

白銀の大槍を二色の螺旋が取り巻いていた。

まさに早業。

反応することすらままならず硬直していたアイオンの額から、とろりと脂汗が流れる。

「申し訳ございません、私、持ち合わせがございませんので、ここは物々交換といきましょう」

「おま、なにして……」

「あなたの命と交換です、御釣りはいりませんよ」

「じょ、冗談は大概に」

そこまで言いかけて、アイオンは口をつぐむ。

——冗談では、ない。

彼女の目を見れば分かる。

もしも余計なことを口走れば、すぐにでも二重の螺旋が自らの額に穴をあける。

ミレイアは、やはり優しげに微笑んで言うのだ。

「——馬に蹴られて、死にますか？」

決着、アイオンの心が折れた。

アイオンは情けない悲鳴をあげて、椅子から転がり落ち、四つん這いになって部屋から飛び出す。

その際に勢いよく開け放たれた扉の向こう側には、アルマの姿があった。

「ひっ⁉」

おそらく部屋の外から聞き耳を立てていたのだろう。

彼女はびくりと肩を震わせ、こわごわとミレイアの方を見る。

ミレイアはゆっくりと歩き出した。

アルマの目は、いっそ哀れなぐらい泳ぎまくっている。

「あ、あの、その……し、新人ちゃん、し、しししし仕事辞めるんだってね！」

つかつかつか、ミレイアの靴音が響き渡る。

「い、いいいい今までお疲れ様！　なんだかんだいって、良い職場だったでしょ⁉　だ、だって伝説級《レジェンド》パーティに所属できるなんて、普通経験できることじゃ……」

つかつかつか、ミレイアとアルマの距離が更に縮まる。

「い、いつも私が体調崩した時に代わってくれてありがとうね⁉　あ、あの時はミレイアちゃんを置いて逃げ出しちゃってごめんなさい！　だって怖かったの、分かるでしょう！！？」

つかつかつか、もはや手を伸ばせば届く距離だ。

いよいよアルマは我慢できなくなって「ひっ！」と身を屈めた。

しかし、アルマが予想していたようなことは起こらず、ミレイアは彼女の傍らをすり抜けて、部屋を出る。

「――どういたしまして、ですわ」

それが彼女が〝銀の舟〟に残した最後の言葉であった。

ちなみに、それから間もなくして銀の舟は解体されることとなるのだが、ここでは割愛する。

別の機会に語られることも、また無い。

第29話「私たちの帰る場所」

「～♪」

とあるよく晴れた日。

いつもは家計簿とにらめっこをしながら顔を赤くしたり青くしたりしている貧乏暇なし系大家さんこと俺だが、その日はすこぶる機嫌が良かった。

晴天の下、イナリ荘の敷地内を竹箒で掃きながら、慣れない鼻歌なんかを歌っている。

「……なんだあれは」

「気持ち悪いですね」

そんな俺の様子を、まるで新種の毒虫でも見つけたかのように遠巻きに眺めているのはルシルとシェスカの二人組。

今日は休日なのだ。

シェスカは夜練の帰り、ルシルは朝練に向かう矢先にばったり出会って、今の形である。

「……そしてあれはなんだ」

ふいにルシルが言った。

彼女の視線の先には、俺の足元でぐったりと横たわる和装の少女の姿が。

「珍しい雑巾ですね」

シェスカがくわぁと猫のような欠伸をかきながら言った。

なるほど、良い例えだ。

どうしてこんなことになっているのかは知らないが、朝早く外に出てみたら、アパートの前で使い古した雑巾のように転がっていた。

俺はこれを発見するなり
「前大家さん、なにしてるんですか？　そんなところで寝てたら風邪引きますよ、眠いなら部屋に布団がありますから」

と、心配して声をかけてみたのだが、返ってきたのは
「ワシの油揚げ、油揚げが……」

という呪詛にも似た呟き。

「油揚げ？　油揚げが食べたいんですか？　それなら部屋に用意がありますから、さあ立ってください」

気を利かせて言ってみたのだが。

「ワシの油揚げが……ああ、ワシの……」

意思の疎通は不可能と悟り、適当にそのへんに転がしておくことにした。

大方、大好きな油揚げをつまみに酒を飲みすぎて、二日酔いにでもなり、今は無数の油揚げに圧し潰される悪夢でも見ているのだろう。

因果応報、自業自得。

俺には酔っ払いの相手よりも他にやることがある。

「ルシルおはよう、シェスカはおかえり」

「ただいま帰りました」

「おはよう大家殿、今日はそんなに上機嫌で、何かあったのか？」

「やっぱり分かっちゃうかぁ」

俺はにへらっとだらしなく頬を緩めた。

でも、仕方ないだろう、なんせ今日は——

「……お、思ったより趣き深い住まいですのね」

背後から、聞き覚えのある女性の声。

おお、来たな！

「——ミレイア殿!?」

俺よりも先に、ルシルが彼女の名を呼んだ。

ミレイアはどこか険しい表情でイナリ荘を見上げていたのだが、ルシルの姿を認めるなり、「あら？」と表情を柔らかくした。

「あなたあの時大学で会った……奇遇ですわね」

「お、なんだミレイアとルシルは知り合いなのか」

「大家殿も知り合いなのか!?」

「まーそんなも」「友達ですわ」

こちらの台詞に被せて、ミレイアが強調した。

俺はミレイアの方へ視線を送る。

どういうわけか、彼女は頬を赤らめて、こちらから目を逸らしてしまった。

「……またどっかでフラグ立ててきたんですか」

シェスカがひとりごちる。

でも、その言葉の意味は分からない。

「遠路はるばるよく来たな」

「退職の手続きに意外と手間取ってしまいましてね、少し遅くなってしまいましたわ」

よいしょ、とミレイアは背中に背負った大荷物を下ろす。

……まさかそれ全部部屋の中に入れるつもりだろうか。

床、抜けないだろうな……

そんな時、ルシルが驚愕の声をあげる。

「退職!?　ミレイア殿は伝説級《レジェンド》パーティを抜けたのか!?　何故!?」

一瞬、ミレイアの肩がぴくりと跳ねる。

……これは失言ではないか？

俺が慌ててフォローに入ろうとしたところ。

「ええ、あんなブラック、つい昨日、辞表を叩きつけてきてやりましたわ」

存外、ミレイアはさらりと言うのだ。

これに対し、ルシルは目を丸くする。

「な、なるほど、もっと労働条件のいいパーティへの転職が決まっているということか！」

「いいえ？　これから探しますわ、のんびりとね」

「なっ……！」

ルシルにとって、この発言はよほど衝撃だったのだろう。

まるで石にでもなってしまったかのように、固まってしまった。

そんな様子がどうにもおかしくて、俺とミレイアは顔を見合わせて笑う。

「今日からニートだな、お嬢様」

「就活浪人と言ってくださいまし、まぁ、なるようになるはずですわ、私ほど優秀な人材は引っ張りだこですの」

「決まらなかったらどうする？」

「問題ありませんわ、なんてったって私には破格の拠点があるのですから、気長に頑張りますわよ」

そう言って、彼女は悪戯っぽく笑った。

その笑顔ときたら、まるであどけない少女のようで――

「……思ったより強めのフラグですね、火急的速やかにへし折るべきと判断します」

シェスカの独り言は、やはり意味が分からなかった。

「ところで、そこの雑巾はなんですの？」

「あ、そうか、おーい前大家さん、新しい住人に挨拶しなくていいのか？」

俺はまるで子供にやるように、大家さんの脇に手を回して、そのまま抱え上げた。

何故か、前大家さんの顔を見るなり、ミレイアは「ヒィッ!?」と短い悲鳴をあげる。

「そ、その方は……」

「なんだミレイア、前大家さんとも知り合いなのか？　世界って狭いなぁ」

「では、まさかここがイナリ荘……？」

「おー、よく知ってるなぁ」

近所からはもっぱら廃墟だのお化け屋敷だの稲荷御殿だのと呼ばれているので、あらかじめこのアパートの正式名称を知っている人間は珍しい。

しかしなんだろう、その絶望しきったような表情は。

「わ、私、余計なことは何も喋っていませんのことよ……」

「誰に言ってるんだ？」

訂正、ミレイアの言葉の意味もよく分からない。

——兎にも角にも、兎にも角にも。

「そういえば、まだあれ言ってなかったわ」

俺は「はい」とミレイアに部屋の鍵を手渡す。

彼女の部屋は１０３号室、ルシルの隣、シェスカの下の部屋。

俺は笑顔で、新たな住人を歓迎するべく、例の台詞を吐く。

「——ようこそ、イナリ荘へ！」

イナリ荘にまた一人、住人が増えた。

○

時は少し遡り、これは鵺を撃退したその少し後のことである。

「……あなた本当に何者なんですの？」

大学前の茜色に染まった坂を二人並んで下りながら、私は何度目かの問いを隣の彼に投げた。

彼の答えは決まっている。

「だから、俺はただの空白級《ブランク》で、ただの大家さんだって」

あなたのような空白級《ブランク》も、大家さんも、いませんの。

という指摘は、胸の内にしまっておいた。

全く、不思議な人だ。

神話級《ミソロジー》の化け物を空の彼方まで殴り飛ばして。

かと思えば、彼から半ば無理やり飲まされたハーブティーの効能は魔法じみていた。

誰かに話しても信じてもらえないとは思うが、なんと一瞬にして全身の傷が癒えてしまったのだ。

体内で折れた骨が接合するとは、一体どんなファンタジーだ……

いや、今日の出来事全部、どうせ誰に話したって信じてくれやしないだろう。

それでいい、それでいいのだ。

今日の出来事は夢のようなもの。

全部、全部、私の胸の内だけにしまっておくこととする――

「そういえばミレイア、どこか行きたいところがあったんじゃないのか？」

彼は、おもむろにそんなことを尋ねてくる。

「ああ、それなら……今まさに」

「ん？」

そう言って、彼は私と同じ方向へ視線を向ける。

私たちの見つめる先には、とっぷりと町に沈みかけた巨大な夕陽。

「これが見たかったのか？」

私はこくりと頷く。

「私の思い出の場所ですの」

「俺も学生時代は毎日見てたな」

「奇遇ですわね」

「奇遇だな」

彼がはにかむ。

これは、きっとベルンハルト大学の学生ならば、誰しもが一度は見たことがあるであろう光景だ。

だからこそ、私だけの思い出の場所。

私はたった一人の帰り道、この坂を下って沈みかけた夕陽を見るたび、他の学生との繋がりを感じていた。

皆が皆、この夕陽を見ている。

学業に勤しんだ一日の終わりに。

だからこそ、私も頑張ろう、明日も頑張ろうと、そんな気分になれたのだ。

でも、

「思い出は思い出、ですわね」

「やけにさっぱりしてるな」

「だって、今私の隣にはあなたがいますもの」

「…………どういう意味？」

「鈍感」

夕陽のおかげで、私の頬の赤らみは気付かれなかったようだ。

もう、家に帰る時間である。

あとがき

はじめましての方ははじめまして、猿渡かざみです。さるわたりではございません、さわたりです。

はじめましてでない、もしくは、私のデビュー作が「大学もの」と知っての方は「うわまたコイツ大学書いてるよ……」とお思いのことでしょうが、また書いてしまいました。

「大学生活へのノスタルジーが気持ち悪すぎる」等の批判を投げかけようとした読者の皆さま、それミレイアにも同じこと言えんの？

「ミレイアにだったらむしろ容赦ない罵倒をぶつけたい」という鬼畜趣味の方は是非ＵＧｎｏｖｅｌｓ編集部までお願いいたします。私には石を投げないでください。

などという冗談はともかく、ここでは本作「ラスボス手前のイナリ荘」について、少し触れていきましょう。

本作はコメディタッチに描いていますが、状況だけ見ると実は結構ハードな世界観です。なんせ週一か週二のペースでアパートの裏山から湧く化け物たちに大家さんが一度でも敗北してしまえば、その時点で世界は滅んでしまうわけですからね。

あと、ヒロインズの境遇もなかなかに不憫です。各々が等身大の悩みを持ち、苦悩しながら人生に迷っています。

ですが、そんな中でもこの物語がコメディとして成り立っているのは、ひとえに最強大家さんオルゴ・ノクテルのとぼけたキャラクター性によるものでしょう。

アパートの経営に頭を悩ませ、ご近所づきあいもこなし、節約の為にランチを学食で済ませたり、いっちょまえに女子大生たちとの距離感について考えたりするような、そんなどこにでもいる普通の〝大人〟のようにふるまう彼ですが、その実は、邪竜をただの竹箒で消し飛ばしてしまうようなバカげた力を有しています。

すなわちこの大家さんというのは、私が本作を描くうえで伝えたかった〝救い〟の象徴なのです。

ほら、よく人生で何かに迷ったら、大海原を見て「ああ、自分の悩みはなんとちっぽけだったんだ！」ってなろうよっていうアレですよ。

大家さんは、どこにでもいるただの大家さんであり、海であり、同時に家なのです。

生きていくうえで辛いことというのはつきものでしょうから、読者の皆様は是非、なにか辛いことがあった時に「イナリ荘」を、そしてそこの大家さんを思い出してみてください。

彼ならばきっと、あなたの等身大の悩みをともに分かち合い、笑顔でハーブティーを勧めてくることでしょうから。

さて、そろそろお別れの時間です。

改めてｗｅｂ版から応援してくださった読者の皆様方、なんかありえないぐらい「イナリ荘」を褒めちぎってくれた編集のＨ氏、可愛らしいイラストでイナリ荘の住人たちを描いてくれたカット様。

そして今まさにこのあとがきを読んでくださっているあなたに、多大なる感謝を。

ご縁がありましたら、またお会いいたしましょう。

令和元年六月吉日　猿渡かざみ

潜るか、死ぬか？　令和元年、未曾有のダンジョンブーム到来!!

深夜、この世の終わりかと思うほどの大きな地震によって目が覚めた。自宅の裏庭にはダンジョンの入り口ができていた……。

世界各地で同時多発的に出現した地下ダンジョンには人智を越えたアイテムを巡り、あらゆる人々が殺到。国家をも巻き込んだ一大ダンジョンブームが起こる。一方、主人公・伊藤剣治は裏庭のダンジョンで隠された真実を知り、世界を破滅から救うべく密かに立ち上がる。仲間や幼なじみとのパーティー結成、自衛隊との共闘。欲望と陰謀が渦巻くダンジョンを最速攻略するのは果たして誰なのか？

UG020

裏庭ダンジョン
一世界は今日から無法地帯

著：塔ノ沢渓一　イラスト：イコモチ

本体 1200 円＋税　ISBN 978-4-8155-6020-1

UG novels UG018

ラスボス手前のイナリ荘
～最強大家さん付いて□～

2019年8月15日　第一刷発行

著　　者　猿渡かざみ
イラスト　カット
発 行 人　東 由士
発　　行　株式会社英和出版社
〒110-0015　東京都台東区東上野3-15-12 野本ビル6F
営業部：03-3833-8777　編集部：03-3833-8780
http://www.eiwa-inc.com
発　　売　株式会社三交社
〒110-0016
東京都台東区台東4-20-9　大仙柴田ビル2F
TEL：03-5826-4424／FAX：03-5826-4425
http://www.sanko-sha.com/　http://ugnovels.jp
印　　刷　中央精版印刷株式会社
装　　丁　金澤浩二(cmD)
D T P　荒好見(cmD)

ISBN 978-4-8155-6017-1　

猿渡かざみ先生・カット先生へのファンレターはこちらへ
あて先
〒110-0015
東京都台東区東上野3-15-12
野本ビル6F
(株)英和出版社
UGnovels編集部

本書は小説投稿サイト『小説家になろう』(https://syosetu.com/)に投稿された作品を大幅に加筆・修正の上、書籍化したものです。

『小説家になろう』は『株式会社ヒナプロジェクト』の登録商標です。

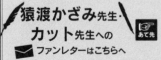